돌멩이를 주우러 다닙니다

탐석 초보자들을 위한 입문 가이드북

돌멩이를 주우러 다닙니다

탐석 초보자들을 위한 입문 가이드북

애완돌 키우는 T. 지음

bs
브레인스토어

애완돌 키우는 T.

내가 나임을 알아가는 길입니다.

나와 같은 길을 향해 모험을 떠나는 어린 벗들과 그 보호자들이 나보다 조금 덜 헤매고 안전하며, 더 많은 기쁨을 누리고, 평화롭기를 소망합니다. 경험과 지식은 나누면 커지고 강해집니다. 우리에게 앎이 곧 힘이 될 것이라 믿습니다.

Beryl var. Aquamarine. From Pakistan. 광안리에서.

가장 깊고도 찬란하게 아픈 나의 조각,

준이와 찬이,

우리가 함께 있음에 감사하며.

행성 관측을 하러 갔던 날. 김해천문대.

차례

차례

여는 글
- 돌의 명상

돌은 돌입니다.

바라는 것도 없고, 실망하는 것도 없습니다.

돌은 판단하지도 강요하지도 않습니다.

돌은 돌입니다.

돌은 속이지 않으며

돌은 이용하지 않으며

돌은 기만하지 않으며

돌은 배신하지도 않습니다.

나를 버리고 떠나가지도 않습니다.

돌은 마음이 없습니다.

그러니 헤아리지 않아도 됩니다.

돌은 슬퍼하지 않으며

돌은 아파하지 않으며

분노하지 않으며 짜증 내지 않습니다.

싫증 내지도 않습니다.

비통하지도 않습니다.

돌은 사랑도 하지 않습니다.

기쁨도 즐거움도 돌아보면 번뇌일 뿐,

그조차 없는 돌이 좋습니다.

돌이 되고 싶은가 생각해 보면 나는 나입니다만

이 광막한 우주 속에 한 점,

별에서 태어나 별로 돌아가는 것은

돌이나 나나 같은 하나입니다.

주어진 모든 것에 감사하며,

우리 모두에게 평화가 있기를 빕니다.

나의 빛나는 조각을 찾아서

1부

나의 빛나는 조각을 찾아서

언양 탐사를 시작하고 처음으로 주운 자수정.

정동晶洞이란?

마그마가 암석으로 굳어질 때 기체 물질에 의해 내부에 생긴 텅 빈 공간을 말하는 광물학 용어입니다. 지하 깊은 곳에서 공동의 내부에 지하수가 스며들어 고온고압의 환경에서 주변에 있는 광물질이 용해되며, 이러한 환경으로 인해 오랜 세월에 걸쳐 공동 내부에서 광물의 결정이 형성되는데, 이것이 바로 정동입니다.

영어로는 이를 Druse, 또는 Geode라고 합니다. 검색을 해 보면 영어권의 광산 실무자나 전문가들은 이를 'Crystal pocket'이라고 말하는 경우가 더 많습니다. 결정이 들어 있는 주머니라고 생각하면 이해하기 쉬운 표현이라고 생각합니다. 'Druse'는 암석이나 광물 등의 표면에 자잘한 결정이 밀집되어 있는 것을 가리킬 때 주로 사용되며, 'Geode'는 정동석, 즉 Druse가 형성되어 있는 정동 자체를 암석으로부터 채굴해 낸 조각 그 자체를 일컫는 말로써 자주 사용됩니다.

일본의 경우에는 광물 수집이나 광물 담사를 다니는 취미를 가진 사람이 꽤 많고, 노하우를 공유하는 것도 비교적 활발합니다. 일본의 수집가분들은 정동을 '가마かま[釜]'라고 표현합니다. 광물 결정은 텅 빈 공동 내부의 뜨거운 곳에서 만들어지니까, 상당히 직관적이고 이해하기 쉬운 표현입니다.

해외 자료를 검색할 때 참고가 되기를 바랍니다.

페그마타이트 지층을 더듬어 찾아낸 검은 수정 일가족.

1. '자탐석'의 가성비

내 돌은 얼마나 가치가 있나요?

안녕하세요? 애완 '돌(石)'을 키우고 있는 T.입니다.

광물을 수집하면서 동호인들 사이에 널리 쓰이고 있는 '자탐석'이라는 낱말을 알게 되었는데요, 자연 속에서 직접 스스로 탐사하여 발견한 돌이라는 의미의 단어가 있다는 걸 알게 되니 무척 반가웠습니다.

하나의 돌과 첫 만남을 하는 상황은 다양합니다. 요즘은 실물보다는 인터넷 화면을 통해서 안면을 트는 일이 훨씬 더 많을 것 같습니다. 또는 오프라인 상점에서 딱 눈이 마주치는 순간 운명을 느낄 수도 있습니다. '상품성'을 기준으로 다양한 진열품 중에 내 취향과 주머니 사정에 맞는 완벽한 돌을 고를 수가 있습니다.

하지만 자연에서 만나는 돌은 다릅니다. '상품성'이 있는 돌은 흔하지 않습니다. 또, 내 취향에 꼭 맞는 돌을 발견할 가능성은 아주 낮습니다. 완벽한 것은 없습니다. 돌도, 나도 완벽하지 않은 상태에서 만나게 됩니다. 우리는 우리가 발견한 것만 발견할 수 있고, 손에 쥔 것만 가지고 올 수 있습니다.

스티븐 호킹 박사의 말처럼, 우주의 기본적 법칙 중 하나는 '완벽한 것은 없다'는 것이며, 불완전함이 아니라면 우리는 존재하지 않을 것입니다. 마치 사람의 인연과도 같습니다. 어릴 적 우리는 완벽한 '이상형'을 마음에 품고 있지만, 정작 사랑에 빠진 것은 내 눈앞에 나타나 준 사람입니다. 운명을 느끼는 순간, 그전에 가지고 있던 모든 완벽한 기준은 허물어지고 눈앞의 내 사람이 새로이 기준이 됩니다. 그리고 이내 정이 들어 내 사람, 내 것이 세상에서 가장 소중한 듯이 여기게 됩니다.

현대 사회에서 우리가 재화의 가치를 금전으로 측정하는 일은 숨 쉬는 것처럼 자연스럽습니다. 그래서인지 많은 분들이, 이게 '돈이 되는 것인지'를 궁금해합니다. 취미인으로써 제가 할 수 있는 이야기는, 이 테마로 성공적인 사업을 하는 분들이 전 세계에 아주 많이 계신다는 정도입니다. 광물의 가격은 시간에 비례하여 우상향하므로, 도매 매물을 구입한다면 상당한 시세차익을 볼 수도 있다고 합니다.

비가 보슬보슬 내리는 산기슭 돌 틈에서 주워 든 연한 자수정.

세부 종목을 잘 선택하고 시간을 투자하여 취미와 실익, 두 마리 토끼를 잡는 경우도 있습니다. 국내 사례 중에는 사금 탐사를 연중 꾸준히 다녀서 그것으로 매년 해외여행을 한 차례 다녀오신다는 분도 있고, 탐사 과정을 촬영하여 유튜브 채널을 운영하는 분도 계십니다. 취미에서 시작해 스마트스토어를 활용한 부업으로 연결될 수도 있을 것 같습니다. 즐겁다면 무엇이든 시도해 볼 수 있다고 생각합니다.

그러나, 금전적 가치는 자본주의 사회에서 가장 중요한 가치일 수는 있겠습니다만, 그것으로 모든 것을 설명할 수는 없습니다. 예를 들어, 우리는 간편하게 마트에서 손질된 물고기를 구입하거나, 요릿집에 비용을 지불하고 잘 만들어진 음식을 대접받을 수도 있지만, 낚시를 좋아하는 사람들의 생각은 다릅니다. 과정을 즐기는 것은 단지 결과물을 구입하는 것과는 전혀 다른 차원의 이야기입니다.

그런데, 돌 수집 취미에서도 비슷한 상황이 벌어집니다. 우리는 손쉽고 비교적 저렴하게 인터넷을 검색하거나 가까운 상점을 방문하여 히말라야 산맥에서 나온 수정을 구입할 수 있습니다만, 그 시간과 비용으로 히말라야 산맥에 직접 방문해서 그 정도의 수정 하나를 찾아가지고 오는 것은 불가능합니다. 우리는 그런 상황을 상정할 필요도

어린이의 탐사물. 바닥에서 작은 정동을 발견해 호미로 파 보았고, 예쁜 결정을 여러 개 꺼냈습니다.

없고, 예상되는 소모 비용을 지불할 필요도 없습니다. 단지 형성된 가격에 동의하고 지불할 능력이 있다면 그 금액을 지불하면 그만입니다.

자, 이제 국내로 시선을 돌리면, 그것보다는 광물 탐사에 소요되는 시간과 비용이 덜 듭니다. 하지만 여전히 가성비가 좋다고 하기는 어렵습니다. 예를 들어, 광산 근처에 쌓여 있는 폐석 더미에서 발견한 수정 결정은 대부분 가격이 형성되거나 상점에 입점이 되기 어렵고 입점이 되어 있다고 해도 구입할 사람이 적을 것입니다.

게다가 탐사를 갈 때마다 늘어나는 도구와 장비들, 톨게이트 요금, 기름값은 물론이고 시골길 운행 중 처박혀서 발생하는 자동차 수리비와 산길 탐방 중 자빠져서 발생하는 부상과 후유증, 찢어 먹은 옷값 등등을 생각하면... 어휴. 역시 좋은 돌을 갖는 가장 가성비가 좋은 방법은 돈을 주고 구입하는 방법일 것 같습니다!

저는 운이 좋아 탐사를 시작한 지 수개월 만에 정동을 여러 번 발견했고 상품성을 기준으로 했을 때 꽤 괜찮은 돌을 몇 개 얻기도 했습니다만, 냉정하게 말해서 만약에 그 돌들이 가게에 진열되어 있다고 가정했을 때 제가 돈을 주고 구입할 돌은 단 한 개도 없습니다. 단적으로 말해, 가성비를 떠나서 취향이 아니니까요. 하지만 이 경우에는 내가 찾은 내 돌이니까, 그 과정 때문에 결과가 소중해집니다. 그래서 생각했던 것과 달라도, 예상치 못한 것이어도 즐겁습니다. 이 과정은 마치 사랑에 빠지는 것과 같습니다. 눈이 마주치는 순간, 내가 이전에 가진 이상형이나 취향 같은 것은 아무것도 아니게 됩니다. 중요한 것은 실제로 눈앞에 있는 내 것뿐입니다. '자탐석'이라는 것은 정말로 그렇습니다.

 사족을 한 가지 덧붙이자면 취미 활동의 작은 결실로 이 책을 쓰고 있는 현재 개인적인 감상은, 조금의 푼돈이라도 전혀 안 되어야만 진정하고 순수한 취미라고 할 수 있는 것 같아요(?!) 늘 하던 글쓰기도 마감 기한이 정해지니까 좀 덜 재미있었습니다. 심지어 원고 이외의 다른 모든 글쓰기가 너무 재미있는 단계와, 원고 이외의 다른 모든 글 읽기가 너무 재미있는 단계를 모두 겪어야 했어요. 브런치에서 연재를 했기 때문에 준비된 원고 분량이 있었음에도 불구하고 꽤 고통스러웠습니다. 친구들에게 그 이야기를 성토했더니, '네가 이제 진정한 작가가 되어서 그렇다'며 위로(?)해 주더라고요. 사실 개인적으로 상업적인 글쓰기에 대해서 진지하게 생각해 본 적이 없고, SNS에서 활동하며 사람들에게 필요한 이야기를 제가 해 줄 수 있으면 그렇게 해 왔습니다. 잘 전달하기 위해 만연하지 않으려고 노력했고, 가장 쉽고 적확한 단어와 간결한 표현을 사용하려고 늘 고민해 왔어요. 내가 생각할 수 있는 한 말하고자 하는 바의 본질에 가장 근접한 문장을 추구하고 싶었습니다.

 일본의 작가 무라카미 하루키는 자신의 문장이 '수업료를 지불할 때보다 원고료를 받을 때 더 나아졌다'는 이야기를 한 적이 있다고 하는데, 그게 무슨 뜻인지 집필을 계기로 저도 알게 되었습니다. 단지 나 자신만을 위해 글을 쓰는 것을 넘어서, 불특정 다수의 타인에게 전달되는 인쇄매체로 된 기록물을 만든다는 것에 부담과 책임을 느낍니다. 탈고를 하고 손을 놓으면 더 이상 할 수 있는 게 없게 됩니다. 그러니 가능한 순간에 최선을 다해 있는 힘껏 좋은 글을 써서, 널리 많은 사람에게 도움이 되고 싶습니다. 내가 가진 것이 많지 않을지라도, 나눌 수 있는 귀한 경험을 해 볼 기회를 얻게 된 것에 감사합니다.

이야기를 좋아합니다. 이야기는 나 자신의 실존 양식이기도 하니까요. 글을 쓰는 사람이 글을 쓰는 이유는 다 같지 않을까요? 아마 '존재하기 위해서'일 거예요. 제가 수집가로서 수집을 하는 것이나 탐사를 떠나는 것도 마찬가지로 매 순간 '존재하기 위해서'가 아니었을까 생각합니다.

새롭고 궁금해서 더 알고 싶은 호기심이 충동이 되어 첫걸음을 니뎠어요. 아인슈타인은 '호기심은 그 자체로써 존재의 이유가 된다'고 했지요. 이와 같이 우리가 돌을 찾아 탐험을 떠나는 이유는 단지 금전이나 가성비로는 설명하기 어렵습니다. 사람마다 중요하게 생각하는 것이 다를 수 있겠지만, 저의 개인적인 생각으로 가장 중요한 것은 '순간'입니다. 젖은 모래 속에서 살아 있는 돌과 눈이 마주치는 순간. 지형에 쓰인 돌의 장고한 역사를 직관적으로 '보고 아는' 순간. 축축하고 진득한 진흙에서 돌

노면에서 발견한 셉터 형태의 수정들. 비슷비슷하게 생긴 것을 보니 한 집 식구인 모양입니다.

을 꺼내어 돌과 내가 자연 속에 나란히 존재하는 순간을 통하여 우리는 '지금 여기'에 있습니다. 지나간 일이나 앞으로의 일에 대한 생각, 이루지 못한 무엇과 바라는 것, 그런 것들은 일순간 모두 사라집니다. 저명한 천문학자인 고 칼 세이건 선생의 유명한 말처럼 우리는 우주에 흩어져 있는 먼지입니다. 흙먼지만큼이나 찬란하게 살아 숨 쉽니다.

사실 저는 그다음의 장면을 더 좋아합니다. 흙 속의 보물을 꺼내어 와 나름대로 질서 정연하게 정돈하고, 그것을 가지면 기뻐할 나의 벗들, 내가 얼굴을 아는 이들과 한 번도 만나보지 않은 이들에게 나눠주어 흩어버리는 것입니다. 주는 즐거움과 받는 이의 기쁨을 공유한 다음에는 후련하게 잊어버리는 것입니다.

인간의 행위는 사물을 배치하며, 그 배치는 시간선상에서 필연적으로 엔트로피의 법칙을 따릅니다. 한편으로, 사람이 돌을 지층으로부터 꺼내어 밝은 인간 세상에 들여온 순간은 마치 돌의 운명을 바꾼 것처럼 느껴질지 모릅니다. 그러나 우주 전체의 관점에서는 어떻습니까? 결국 '창백한 푸른 점' 하나에 불과한 지구, 그 표면상의 미세한 이동에 불과합니다. 그것은 나에게 있어 찬

광물 결정의 내부에서 나타나는 이런 방사상의 형태를 수집가들은 'Trapiche'라고 합니다.

란하지만, 모르는 사람에게 있어서는 아무것도 아닙니다. 돌은 돌일 뿐이고, 인식과 감정만이 우리의 몸을 따라 시간선상에서 일렁입니다. 그 모든 것은 과정이고, 관점에 따라 인위적인 동시에 그 또한 순리입니다.

순간은 지나가서 다시는 돌아오지 않습니다. 단 한 순간도 멈추지 않는 시간의 흐름 속에, 우리에게 평화가 있기를 빕니다. 감사합니다.

소확행; 소소하고 확실한 행복

저성장의 시대라고 합니다. 사회 전반이 고도로 성장하여 변화의 속도가 완만해진 사회에서 이제는 더 이상 개인이 사회구조 속에서의 대단한 목표를 성취하거나 괄목할 만한 성장을 이루기는 어렵습니다. 한국의 젊은이들은 사회구조적으로 피치 못하게 부모 세대보다 가난합니다. 그리고 빈곤은 상대적인 것이므로 양극화가 심한 사회에서 미디어에 등장하는 부자들은 평범한 소시민의 삶을 상대적으로 더욱 위축된 것으로 느끼게 합니다.

개인의 입장에서 구조

외출 메이트로 조그만 털모자에 넣어서 주머니에 가지고 다니는 귀여운 셉터 형태의 수정. 기둥 부분의 석영에 검은 전기석이 관입되어 있는 것이 특징적입니다.

적인 모순을 당장 바꾸기는 어렵습니다. 그러나, 잠시 생각을 멈추고 가까운 주변을 돌아보면, 상대적으로 발전되고 안정된 사회에서 태어나 살아가는 것 자체에서 만족을 발견하는 것은 그보다 쉽습니다. 또, 물질적으로 어느 정도 안정을 갖추어야 비로소 관계와 내면의 감정을 돌아볼 수 있게 됩니다. 그러니 지금 우리에게는 양적인 성장보다는 질적인 성장에 주목하는 것이 현실적으로 가능하고, 또 의미가 있다고 볼 수 있지 않을까요? 현세대를 살아가는 우리에게 주어진 기회는 물질세계가 아니라 정신세계에 있지 않나 생각해 봅니다. 그것은 종교나 철학, 학문적인 진리 같은 거창한 영역에 있을 수도 있지만, 평범한 사람들이 하루하루 살아가는 일상에 스며 있을 수도 있습니다.

그래서 지금은 누구나 일상 속에서 쉽게 누릴 수 있는 소소하고 확실한 행복, '소확행'이 대세인 시대입니다. 가지런히 정돈된 옷장에서 햇볕 냄새가 나는 옷을 꺼내 입는 것이나, 햇살이 가득하고 바람이 부는 창가에 놓은 화분의 잎새가 간들거리는 것, 아이와 작은 털복숭이 동물이 곤히 잠든 모습을 바라보는 찰나의 행복감은 사소하지만 선명합니다. 그리고 삶 속에서 꾸준히 좋아하여 몰두하는 일이 있다면 그 또한 지복일 것입니다. 예를 들어 취미를 갖는 것도 소소하고 확실한 행복 중 하나입니다. 일상의 사소함 속에서 섬세하게 자기만의 취향을 가지고, 좋아하는 부분을 감지해 낼 수 있다면 좋겠습니다. '곰돌이 푸'의 말처럼, 삶은 엄청나게 행복한 일이 한 번 일어나는 게 아니라, 매일매일 사소한 행복이 이어지는 것일 거예요. 우리가 그 사소한 행복을 발견할 수만 있다면요.

인간에게는 다양한 욕구가 있고, 취미 생활을 통해서 적절하게 이를 해소하는 것은 행복을 추구하는 바람직한 방법입니다. 첫 장에서는 취미 생활로 충족시킬 수 있는 3가지의 '소확행'에 대해서 이야기해 보고자 합니다.

첫 번째, 수동적으로 소비하면서 스트레스 해소.
두 번째, 직접 뭔가를 만드는 창작의 즐거움.
세 번째, 밖으로 나가서 신체를 움직이는 건강함.

돌멩이를 수집하는 취미가 좋은 점은, 관심사를 분산시키지 않아도 돌멩이 한 가지에 집중하기만 하면 취미 생활을 통해 누릴 수 있는 다양한 면이 충족된다는 것입니다.

수동적인 소비자로서 구매만을 하는 것도 나쁘지 않습니다.

단지 구경하고 모으기만 하는 것만으로도 가벼운 기분전환에 도움이 됩니다. 사실 수집이란 사치스러운 취미입니다. 사치라고 해서 금과 보석, 명품, 외제차같이 거금을 쓰는 것만을 말하는 것은 아닙니다. 수집품은 사치품이라고 볼 수 있습니다. 왜냐하면 이는 생필품이 아니고, 필요성과 실용성을 따지지 않기 때문입니다. 이것은 지나치면 낭비가 되기 쉽지만, 적절하게 잘 활용한다면 우리의 작은 여유입니다. 쓸모없지만 예쁜 물건들은 생존에 꼭 필요하지는 않을 수도 있지만, 정서적으로 의지가 되고 활력을 줍니다. 수집 취미도 그렇습니다. 꽃과 시, 노래, 차 한 잔의 여유처럼, 소소하고 확실한 사치입니다.

그런데, 인간이 애정을 갖는 것이 정말로 사치일까요? 감정은 생존에 반드시 필요하지 않은 것일까요? 이에 대해서는 2차 대전 시기에 유명한 사회 실험이 있지요. 전쟁 고아들에게 아무런 애정도 주지 않고 물질적으로 완벽한 식이와 위생 환경을 제공했는데, 물질적으로 빈약하지만 애정을 주었던 경우에 비해 생존률이 크게 낮았다고 합니다. 또, 애착에 관한 원숭이 실험도 유명합니다. 젖이 나오는 금속 엄마 인형과 젖이 나오지 않는 푹신한 엄마 인형을 주었더니 아기 원숭이는 금속 엄마로부터는 젖만 받아먹고 푹신한 엄마에게서 대부분의 시간을 보내더라는 이야기입니다.

감정은 생명의 본성입니다. 몸이 살아 있으면 저절로 마음이 깃듭니다. 애정과 애착의 호르몬은 긴장을 이완시키고, 면역력을 향상시키며, 활력과 행복감을 줍니다. 무엇을 좋아하는 감정은 우리의 삶을 풍요하게 해 줍니다. 우리 안에 있는 좋아하는 마음은 그 대상에 이끌려 몸을 움직이는 자유로운 의지가 됩니다. 그래서 사람

꽃송이 같은 형태의 멕시코산 자수정을 화분에 심어 보았습니다. 무럭무럭 자라나면 좋을 텐데.

은 스스로 해 보지 않은 경험도 해 볼 수 있고, 뜻대로 되지 않아도 견딜 수 있으며, 한계를 넘고, 탐구하고, 세계를 확장하고, 점진하며, 성장할 수 있게 됩니다. 사랑은 인간이 자신을 세계와 연관 지으며 세계를 충만히 누리고, 세계를 장악해 나가는 본성입니다. 수집 취미의 원동력은 바로 이 좋아하는 감정이며, 이는 우리 본성의 발로이기도 합니다.

개인적인 생각이지만 돌을 수집하는 취미에는 끝이 없는 것 같습니다. '하늘 아래 같은 돌은 없기' 때문에 계속해서 새로운 것을 발견할 수 있으니까요. 그렇기 때문에 마음먹는다면 평생 이 즐거움을 이어 갈 수도 있다는 장점이 있습니다. 열망은 열망하는 대상에 도달하는 순간 사라지거나 다른 것으로 대체되는 속성이 있고, 도달할 수 없는 우리의 열망은 영원할 수 있을 것입니다. 우리가 우리의 자유로운 의지로써 그만두거나, 포기하기 전까지는.

수집을 시작할 때는 비교적 구하기 쉬운 것들부터 모으기 시작하는 게 보통입니다. 그러면서 점차 안목을 높이며 컬렉션 전체의 품질을 향상해 나가게 됩니다. 그 과정에서 능동적으로 재판매나 선물을 하게 되는 일도 많습니다. 재미있게도, 돌을 팔아서 그 돈으로 다른 돌을 사게 되는 일도 많습니다. 그리고 커뮤니티에서 활동하다 보면 커뮤니티 안에서 돌이 돌고 돕니다. 내가 보낸 돌이 모르는 누군가에게 가 닿아서 사랑받고 있는 걸 발견하게 되는 것도 재미입니다. 어느 것이나 즐거운 과정입니다.

원석을 다듬어 디스플레이하고 사진을 찍는 것,
일종의 창작 활동이라고 할 수 있습니다.

광물 표본을 수집하여 보관하는 스타일은 다양합니다. 예를 들어, 수집을 처음 시작하여 소장품의 개수가 몇 개 되지 않을 무렵에는 단순히 조그만 보물상자에 모으게 되는 경우가 많습니다. 수집용 상자에 담아 쌓아 두거나 서랍 안에 고이 보관하는 것은 광물의 컨디션을 유지하는 데에는 비교적 유리하지만, 눈에 띄지 않아 잊히기 쉽다는 단점이 있습니다.

이왕 큰마음 먹고 구입한 것이니, 눈에 잘 보이는 곳에 진열해 두는 것도 좋은 방법입니다. 책상이나 침대 머리맡, 책장의 어유 공간을 활용할 수도 있고, 전용 진열대를 마련하는 방법도 있습니다. 운치 있는 괴목(槐木)이나 투명하고 깔끔한 아크릴 등의 다양한 소재로 전용 스탠드를 제작할 수도 있습니다. 보석을 금에 세팅하여 소장가치를 높이는 것과 비슷하다고 생각해요. 물론 금으로 스탠드를 제작할 수도 있겠네요. 어떻게 하든, 상상력을 실제로 구현하는 것은 취미 생활의 자유입니다.

빈 공간을 채우는 작은 소품으로 활용할 수도 있고, 수반이나 어항, 화분을 꾸밀 수도, 작은

Okenite from India. 토끼꼬리 같은 섬세한 솜털.

테이블이나 액자를 만들 수도 있고, 벽이나 장식장 전체를 아름다운 구슬과 크리스털, 암석이나 수석으로 채우는 인테리어를 할 수도 있습니다. 정원석으로 활용하는 방법도 있습니다. 풍수지리의 조화를 고려한 의미 있는 배치도 시도해 볼 수 있고요. 이 모든 과정을 SNS를 통해서 공유해 볼 수도 있습니다.

그리고 '탐석'을 해 볼 수도 있습니다.

바로, 자연의 돌을 찾아 야외로 모험을 떠나는 것입니다. 드라이브를 하다가 인적이 뜸한 바닷가를 잠깐 산책하며 마모되어 동글동글해진 몽돌과 바다유리, 조가비를 줍는 일은 비교적 쉽고, 꽤 낭만적입니다. 이렇게 채집한 것을 재료로 화면을 구성하는 창작 활동을 해 볼 수도 있어요. 어린이들과 함께하기에도 더할 나위 없이 좋은 취미입니다. 더 나아가 조금 탐사의 난이도를 높여 본다면, 강가나 계곡에서 기암괴석을 찾거나, 지층과 화석을 탐사하거나, 사금탐사 동호회에 가입해 간단한 탐사 장비를 구입하여 계곡 등지에서 사금을 채취해 볼 수도 있습니다. 동호인들은 종종 금

유니콘과 아기 동물 친구들이 서식하고 있는 우리 집의 힐링 플레이스.

속 탐지기 등의 장비를 가지고 나와, 자연에서 봉사활동도 하신다고 해요.

돌 수집을 시작하고 한 계절을 보냈을 무렵, 저는 수정을 찾아서 인적이 뜸하고 등산로가 없는 길로 종종 탐험을 다니게 되었습니다. 어떻게 그렇게 하게 되었는지는 분명하지 않습니다. 단지 마음의 길을 따라가니 날씨마저 마침 알맞게 따라왔습니다. 남이 하는 것을 따라서 한 것은 아니었어요. 딱히 이끌어 주는 사람도 없었고, 노하우를 공유하는 분위기도 아니었으니까요. 개인적으로 도회지에서만 살아오다 보니, 산행에 전혀 익숙하지 않아서 등산 자체를 즐길 줄도 모르고 살아왔습니다. 하지만 목적이 동기부여가 되니, 익숙하지 않아도 부딪혀 보자는 마음이 들었습니다. 눈썰미가 좋은 편이라, 노면에서 가끔 작은 수정 조각을 찾을 수 있으니 몇 시간씩 산을 타는 것이 조금 고되어도 견딜 만했고, 벌레가 나오는 것도 상관없었습니다. 발을 헛디뎌 뒹굴기도 하고, 크고 작은 부상으로 앓기도 했는데 마치 그것이 모두 훈장처럼 자랑스럽고 뿌듯하게 느껴졌습니다. 수정만 찾을 수 있다면!

Seaglass. 울산 몽돌해변에서.

마치 지도도 없이 보물을 찾는 기분이었습니다. 산꼭대기에 오르면 눈앞에 펼쳐진 산등성이와, 눈으로 볼 수는 없지만 그 너머에 있을 백두 대간의 장엄한 산맥 전체가 거대한 보물 창고처럼 느껴졌습니다. 축축한 진흙 구덩이 속에 손을 넣고 더듬어 손끝에 수정의 감촉을 느낄 때는 자연의 비밀에 이윽고 도달하여 한 덩어리가 된 것 같은 강한 일체감을 느꼈어요. 그렇게 꺼낸 수정을 개울물에 씻고 햇빛에 비춰 보는 순간은 얼마나 벅찼는지 모릅니다. 모든 순간이 너무나 만족스러웠습니다. 반복해서 산에 오르니 의도하지 않았던 긍정적인 변화도 있었습니다. 산과 친해지고, 산을 오르는 데 능숙해져서 점점 다치는 일이 줄어들고, 산을 오르내리는 데에 속도가 붙는 변화를 느끼는 등 신체 기능의 향상을 느끼는 것 또한 큰 즐거움이었습니다. 몸이 건강해져 편안하니, 예전에는 산을 타는 것만으로 힘에 부쳐 눈에 미처 들어오지 않던 아름다운 경관을 비로소 여유 있게 즐길 수 있게 되었습니다.

지나고 나서 생각해 보니, 그렇게 몰입하며 느끼는 모든 순간의 감정은 강렬한 사랑의 충동에 빠져 모든 것을 다 바치고 싶은 감정에 휩싸일 때나, 종교에 도취되어 신체적 고통을 감수하기를 자처하는 순교

돌만 보물인 것은 아닙니다. 알아볼 수 있다면 어디에나 있는 것이 바로 행운일 거예요.

자의 정서와 그 호르몬 작용 면에서 크게 다르지 않았을 것이라고 생각해 봅니다. 남들이 이런 희열을 이해하지 못할지라도, 내가 이 열정을 타인이 납득할 수 있도록 설명할 수 없어도, 어떤 면에서는 흔쾌히 고통을 인내하고 기꺼이 손해를 감수하며 스스로의 습관을 바꾸어 새로운 사람이 될 수도 있을 정도로, 비이성적이고 비논리적이지만 무척 행복했습니다.

돌 취미는 비대면 시대에도 적합합니다. 수집하고 구매하는 것은 실내에서도 충분히 가능하고, 탐석지인 야산에서는 일부러 약속을 잡지 않는 이상 사람과 마주할 일이 별로 없으니 그 또한 비대면 시대에 적합한 부분이었습니다.

물론 돌 취미에서도 사람을 만나고 서로 이어진다는 건 중요한 부분입니다.

정보를 교환하는 것도 중요하지만 더 좋은 부분은, 같은 취미를 공유할 수 있는 사람과 대화할 수 있다는 점입니다. 학창 시절에는 단지 같은 공간에 있다는 것만으로도 곧잘 친구가 되곤 했는데, 어른이 되고 나서 순수하게 그런 친구를 만난다는 것은 쉽지 않지요. 그런데 취미가 같으면 사고방식도 비슷할 가능성이 많고, 잘 맞는 벗을 찾아 마음을 터놓을 수도 있습니다. 이것이 제가 생각하는 네 번째 즐거움입니다.

수집을 하는 과정에서 매일 SNS에 소장한 광물의 사진과 짧은 단상을 연재하며 사람들과 소통할 수도 있습니다. 본인의 이야기를 써본 경험이 적어서 무엇부터 시작해야 할지 잘 모르겠다면, '칭찬하는 댓글 달기'부터 시작하면 됩니다. 원만하고 우호적인 관계를 구축하고 나면 편안하게 속 이야기를 털어놓을 수 있습니다.

저의 경우에는 취미 활동을 하면서 드는 짧은 인상이나, 공부한 자료들을 정돈해서 온라인 동호회와 SNS를 통해 공유하곤 했습니다. 팬더믹 기간 동안, 고립되지 않고 타인과 연결되어 있다고 느낄 수 있는 좋은 방법이었습니다. 그리고 꾸준히 일기처럼 트위터에 글을 썼습니다. 수집과 탐석을 진행하면서 시행착오와 고민했던 것들을 지속적으로 공유하니, 다음 이야기를 기다려 주는 독자가 생겼습니다. 저 역시 나보다 앞서 시작한 선배님들께 조언과 지지, 격려를 많이 받았습니다. 그리고 나보다 조금 늦게 시작한 사람들을 위해서, 내가 필요로 했던 자료들을 만들어 나누고 싶었습니다. 그러면서 서로에게 묻고 배우기도 하고, 생면부지의 벗들과 각자의 지역에서 채집한 표본을 선물로 주고받기도 했어요.

어떤 선배 수집가 선생님께서는, 저의 이런 활동이 사람들에게 괜한 마음을 불러일으켜 자연을 어지럽히지 않을지를 염려하시기도 했어요. 하지만 저는 대답했습니다. 물론 세상에는 나와 뜻이 맞지 않는

부산 광안리에서, 돌 수집가 동료들과 함께.

사람도 많을 것입니다. 공유된 정보를 이용해서 탐욕을 부리거나 주변을 훼손하고 민폐를 끼치는 경우도 분명 있을 것입니다. 그러나, 그런 이들도 안전하게 다녀와야 하지 않겠습니까?

　저는 전문가가 아니며, 박식한 사람도 아니지만, 단지 그 장면 속에서 질문에 대답할 수 있는 사람 중의 한 명이었습니다. 대답하는 것은 어렵지 않았어요. 단지, 아는 것은 안다고 하고 모르는 것은 모른다고 하니 그걸로 충분했습니다. 그러면 아는 분이 나타나서 설명을 덧붙여 주기도 하고, 전문가의 자료가 인용되어 따라오기도 했습니다. 그런 과정을 통해 일본이나 영어권의 취미 동료를 만나 소통하기도 했고요. 혼자라면 막막했을 것입니다. 그러나, 인터넷 집단지성이라는 거인들의 어깨에 올라섰기에 더 멀리 볼 수 있었던 것 같아요. 질문에 대한 대답을 함께 찾아가는 과정에서 더불어 지식과 감성이 모두 풍요해지며, 나의 시행착오가 다른 사람의 가이드가 되는 과정이 반복되니 모두가 발을 헛딛지 않을 것처럼 안전하게 느껴져서 즐거웠습니다. 인터넷이 활발한 시대에 활동하는 장점을 만끽할 수 있는 과정이었습니다. 나는 집단지성 속에 있었고, 우리 모두의 호기심과 지적인 추구가 시너지를 일으켜 저 개인의 이야기가 되고, 또 다른 많은 분들의 이야기로 모두에게 공유되고 있는 것입니다. 인터넷에 접속한 우리는 전체이고 한 덩어리입니다. 집단지성의 안에 내가 있고, 내 안에 집단지성이 있습니다. 마치 우주가 그렇듯이.

　그런데 이 집단지성을 형성하면서 우선적으로 경계해야 할 것은 '확증편향'입니다. 단편적인 지식이나 의도적으로 편집된 일부, 또는 틀린 정보를 반복해서 공유, 확산시키면서 진실에 대한 인식이 왜곡된 집단을 형성하는 것이 인터넷을 통한 정보 습득의 가장 큰 약점입니다. 그래서 가급적이면 레퍼런스를 정확하게 확인할 수 있는 수단을 확보해 두는 게 좋습니다.

개인적인 생각으로, 가장 믿을 만하지 않은 정보는 유튜브와 SNS입니다. 비전문가도 그럴싸해 보이도록 영상과 자료를 만들어서 올릴 수 있기 때문입니다. 그러므로 영상을 만든 제작진이 해당 분야의 전문가인지 확인하는 과정이 필요합니다. 국내의 인터넷 신문도 썩 믿을 만하지 않은 것 같습니다. SNS에서 인기 있는 자료를 검토해 보지 않고 그대로 올리거나, 문제가 생겼을 때 정당하게 정정보도를 하는 게 아니라 삭제하고 모른 척하는 무책임한 모습이 자주 보입니다. 알고리즘을 통해 나에게 자동으로 보여지는 자료는 특히 이 확증편향을 강화합니다. 내가 직접 검색한 결과로 얻게 된 정보 역시 알고리즘의 영향을 받으므로 마찬가지입니다. 따라서 온라인에서 얻는 정보는 편리하고 간편하지만 절대적으로 신뢰하지 않는 것이 좋습니다.

우선 전공 서적 등의 출판물이나, 학자들의 논문은 비교적 정확하다고 할 수 있을 것 같습니다. 그리고 각 분야에 계신 전문가의 의견이라면 신뢰할 만하다고 생각합니다. 동호회에 계신 전문가를 찾아 개인적으로 이야기를 나눠 볼 수도 있습니다. 관련 전공으로 학생들을 가르치고 계신 선생님께 의견을 여쭤볼 수도 있습니다. 광산 현장에서 계셨던 분의 경험은 신뢰할 만합니다. 다양한 물건을 취급하는 상인의 안목도 무시할 수 없습니다. 해외 유수의 유명 셀러는 광산 사업주이거나 학자이면서 동시에 판매 사업을 하는 경우도 많이 있습니다.

또 취미인들의 집단지성도 괜찮은 레퍼런스이기는 하지만, 가급적이면 다양한 채널을 통해 다양한 관점을 섭렵하고 취합하는 것이 좋을 것입니다. 돌 수집 취미에서 트위터에는 주로 일본 수집가분들이 많이 계시고, 인스타에는 전 세계의 판매자와 수집가들이 활동하고 있습니다. 한국은 네이버를 많이 씁니다. 네이버 카페는 판매자가 주축이 되어 동호인이 모입니다. 30~40대가 주류이고, 그 이상의 시니어분들께서는 네이버 밴드를 주로 사용한다고 합니다. 가장 어린 연령층은 트위터에 주로 모여 있습니다. 그런데 이렇게 플랫폼이 달라지면 서로 소통하기가 어렵기 때문에, 국내 수집가들은 세대 간의 연결성이 부족하다는 점이 아쉽기도 합니다. 사정이 이렇다 보니 다양한 이야기를 들으려면, 온라인상으로 다양한 모임에 직접 찾아가는 것이 최선입니다.

한편으로, 교류를 하면서 타인의 컬렉션과 자신의 것을 비교하거나 질투, 경쟁하게 되어 마음을 어지럽히는 것보다는, 차라리 교류는 최소한만 하는 편이 낫다고 조언해 주는 분

돌 수집가 동료들과 함께 즐거운 시간을 보냈습니다. 각자의 애장품도 함께.

들도 계십니다. 사람의 마음이란 알기 어려운 것이어서, 자기 자신이 무엇을 좋아하는지를 잘 모르는 사람도 많습니다. 경쟁을 하느라 타인에게 자랑하기 좋은 것을 무리하게 사들이는 것은 공허할 뿐입니다. 나 자신의 취향과 기호에 대해서 돌아보는 것이 가장 중요합니다. 내가 진짜로 원하는 것은 무엇일까요? 또는, 우리는 반드시 뭔가를 간절히 원해야만 한다고 여겨서 그 대상을 찾아야만 할까요? 사실은 딱히 그렇게 간절히 원하는 게 없어도 됩니다. 하루하루 평범한 일상에 만족하면서 살아갈 수 있다면 그것도 나쁘지 않을 것입니다. 사실은 평온 무사한 일상이야말로 가장 파괴되기 쉬운 취약한 것이며, 불과 70여 년 전만 해도 이 땅의 만백성이 간절하게 원하는 바로 그것이었 겠지요.

저는 주된 교류의 수단으로 트위터를 활용했습니다. 트위터는 골목 어귀에 선 것 같은 느낌으로, 적당히 타인에게 노출되면서도 동시에 누구의 간섭도 받지 않고 혼자서 산책하듯 머물기에 좋았기 때문

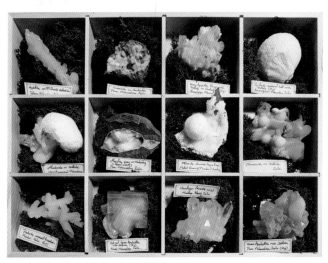

하나씩 애써 모았던 아름다운 인도산 광물들.

입니다. 그런데 트위터는 특성상 장문의 글을 쓰기에는 적절하지 않아서, 트위터에 작성한 글을 정돈해 '광물스케치' 네이버 카페에 연재하게 되었고 그것이 '탐석 초보자를 위한 가이드' 시리즈의 시작입니다. 이후, 카페보다 더 많은 사람에게 공개될 수 있으며 개인적인 아카이브 기능도 할 수 있는 브런치로 플랫폼을 옮기게 되었습니다. 그리고 그곳에서 인연이 닿아 이렇게 지면상으로 여러분과 만나게 되었네요. 저의 이야기를 발견해 주신 담당자 선생님께 다시 한번 감사의 말씀을 전합니다.

온라인상에서 매일 이야기를 나누던 그리운 초면의 벗들과 다 같이 한 상에 둘러앉아 먹고 마시며 이야기꽃을 피울 수 있게 되기를 바랐는데, 그 소망이 이윽고 이루어지는 날도 있었습니다.

함께 있음에 감사합니다.

3. 왜 광물을 수집하게 됐나요?

우리에게는 광물(Mineral)이 필요합니다.

인체를 구성하고 있는 원소는 약 54종으로 알려져 있습니다. 그중 4% 정도가 무기염류(Mineral)에 해당됩니다. 이는 필수적인 구성 성분이며, 체내에서 합성이 불가능하므로 반드시 외부에서 공급되어야 합니다.

지각의 광물질은 식물의 광합성 작용을 통해 생명 시스템에 들어오고, 인간을 포함한 모든 동물은 식물을 먹고 미네랄을 섭취하게 됩니다. 그리고 동식물 체내의 미네랄은 분해자에 의해 다시 지각으로 되돌아갑니

거제도에서. 수정 액자와 함께.

다. 이와 같이 지구상의 생명계 전체는 미네랄을 통해 이어져 있다고 볼 수도 있습니다. 우리의 몸 밖에도 미네랄이 존재하고, 몸속에도 미네랄이 있습니다. 우리에게는 미네랄이 필요합니다.

그런데 일반적으로 생각했을 때, 우리가 광물질을 직접 섭취한다고 해도 동물은 광합성을 하지 못하므로 체내에서 미네랄을 이온화시키거나 다른 물질로 소화, 합성할 수 없습니다. 그러므로 광물질 그 자체를 섭취하거나 흡입하는 것은 권하지 않습니다. 특히 그 분진을 호흡기로 흡입하는 것은 진폐증, 규폐증 등 심각한 난치병의 원인이 될 수 있으니 피해야 합니다. 광물을 수집하다 보면 개인적으로 사포, 드레멜 등을 이용해서 표면을 갈아내는 작업을 하게 되는 일도 있는데, 이때 가장 유의해야 할 것이 분진을 처리하는 부분인 것 같습니다. 건강과 안전이 무엇보다 중요합니다.

서양에서는 엘릭서Elyxir라고 하고, 한국에서는 '보석수'라고 해서 자수정이나 옥석 등 무해한 것으로 알려진 원석의 덩어리를 음용수에 침전시키거나 병에 장식하여 먹는 문화가 널리 퍼져 있습니다. 알려진 큰 부작용이 없고, 임상적인 효능을 보았다는 분도 많습니다. '효과 같은 것은 모르겠지만, 가지고 다니기에 예쁘니까 패션 아이템으로 좋아한다'는 분도 있습니다. 개인적으로 플라시보 효과가 아닌가 생각이 됩니다만, 어쨌건 만족스럽다면 나쁠 게 없고, 상식적인 선에서 지나치게 의존하지 않는다면 딱히 해로울 것은 없는 것 같습니다. 동호인 중에도 이런 것을 좋아하는 분도 계시지만, 관심이 없는 분도 있습니다. 어느 쪽이든 개인 취향은 존중해 줍시다.

첫 구입을 할 때 입문자의 입장은 이렇습니다.

'입문자용'의 원석은 객관적으로 퀄리티가 높으면서 동시에 낮은 가격이어야 합니다. 종종 입문자용이라고 하면서 품질이 좋다고 보기는 어려운 아주 저렴한 물건을 판매하는 경우를 보는데, 이런 물건 위주로 파는 것은 좋은 전략이 아닌 것 같습니다. 낮은 퀄리티로는 일반 대중의 흥미를 유발하는 것은 무리이고, 시장 확장에도 도움이 안 됩니다. 물론 낮은 품질로 만족하는 사람도 있을 수 있지만, 문외한일수록 퀄리티에 민감한 측면이 있어요. 수집이 진행되고 원석에 대한 지식이 늘어나면서 원석의 특성에 대한 이해도가 높아진 뒤에 비로소 품질의 기준에 대한 이해가 생겨 퀄리티에 관대해지는 지점이 있습니다.

예를 들어, 가든쿼츠(garden quartz; 수정질 내부에 포획된 로돌라이트, 클로라이트 등의 내포물의 형상이 초목이나 꽃 등의 풍경을 연상하게 한다고 하여 붙여진 상업명)가 그렇습니다. 형성 과정에서 표면이 완벽하게 맑은 수정으로 6면이 모두 감싸여 있지 않고 모암의 흔적이 남아 있거나, 내포물의 거친 표면이 수정 결정을 관통하여 결정면의 겉으로 드러난 모습은, 그 특성을 이해하는 사람에게는 자연미라고 해석되지만, 문외한

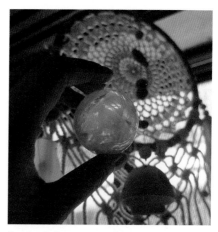

Quartz var. Rose quartz, sphere.

의 입장에서는 표면에 요철이 있기 때문에 파손된 것, 또는 원물에 하자가 있는 것으로 생각하게 되기도 합니다.

사실 문외한의 입장에서는 감동적일 정도로 눈길을 사로잡을 만큼 아주 퀄리티가 높고 근사하게 진열되어 있는 뭔가를 본 게 아니라면 기억조차 남지 않습니다. 수정에 내포물로써 액체와 기체가 포획된 Enhydro moving bubble quartz가 '물수정'이라고 하여 유명한 셀러브리티의 애장품으로 소개가 되면서 조금 주목받은 적도 있었습니다. 문외한이 유입될 만한 경로였다고 생각하는데, 실제로 그 계기로 입문하셨다는 분을 원석 카페에서 몇 분 보았습니다.

한편, 입문자의 입장은 최소한 표면이 매끈하고 요철이 없어아 합니다. 그러면서 동시에 본인 관점에서 예쁘고, 한번 사 볼 만하다 싶을 정도로 저렴해야 합니다. 천연의 형성 과정 같은 걸 아무리 설명해도 당장은 잘 받아들여지지 않습니다. 자신이 구입하고자 하는 것이 무엇인지에 대한 이해가 부족합니다. 뭔가 하나 사 보고 싶은 충동과 의욕은 있지만, 정확히 무엇을 갖고 싶은지 스스로의 취향과 기호, 그리고 필요에 대한 성찰이 되어 있지 않은 경우는 생각보다 흔합니다. 이런 경우를 파악했다면, 판매자는 한발 물러나서 솔직하게 '이런 요철이 있고 이것은 자연적으로 형성된 것이며 하자가 아니지만, 손님이 집에 가서

가든쿼츠. 투명한 수정 속의 작은 꽃다발.

실망할 수도 있으니 오늘은 안 팔겠다, 다음에 좀 더 고민해 보라'는 식으로 권하는 편이 나은 것 같습니다. 원석은 잘못이 없지만, 구매자가 실망하는 경험을 하게 되면 아무래도, 재구매로 이어지지 않을 가능성이 많으니까요. 또, 괜한 컴플레인의 원인을 만들지 않는 편이 서로의 정신 건강에도 이로운 것 같습니다.

초보일 때 멋모르고 구입한 가든쿼츠의 표면에 거친 요철이 있으므로 크게 실망하여 구석에 처박아 두었다가, 몇 년이 지나고 나서 우연히 다시 발견하게 되었는데 다시 보니 상당히 퀄리티가 높은 돌이었더라, 예전에는 왜 몰랐을까 하고 새로이 깨닫게 되는 사연은 커뮤니티에서 종종 접할 수 있는 이야기입니다. 세월이 해결해 주는 면이 분명 있습니다. 그러나, 굳이 실망하는 경험을 하기보다는, 실망하지 않고 안전한 경험을 할 수 있도록 이끌어 줄 수 있는 단골 판매자를 만날 수 있다면 큰 행운일 것입니다. 단골 판매자의 안내를 따라 처음에는 부담 없는 가격대의 예쁜 것으로 시작해서, 조금 가격대가 높고 희소가치가 있는 것으로 점차 범위를 확장해 나갈 수 있다면 수집하는 과정이 편안할 거예요.

이렇게 입문자가 오히려 퀄리티에 엄격한 면이 있는 반면에, 가격이 비싸면 접근하는 데 있어서 장벽이 되므로 구입을 포기하게 되는 요인이 됩니다. 상대적으로 저렴하면서도 입문자의 관점에서 품질이 좋다고 판단될 만한 원석 제품군이 있고, 유입 경로에서 그것들을 우선적으로 접하도록 하여 호기심과 친밀감을 유발하는 것이 좋은 전략이라고 생각합니다.

모든 취미가 그렇듯 어느 정도는 배우고 익히는 과정이 필요한데, 수집 취미는 특히 본인이 원한다면 얼마든지 방대한 배경지식을 습득할 수 있는 분야라고 생각됩니다. 사실 광물과 암석에 대한 지식은 우리가 의무교육에서 상식적인 일정 부분을 학습하기는 합니다. 그러나 우리가 수집을 하면서 만나게 될 원석에 대한 지식은 상식적인 영역보다는 조금 더 깊이 있는 부분을 요구하는 면이 많기 때문에, 좀 더 오랫동안 즐길 수도 있습니다.

초보자에게 권합니다.

1. 가공한 수정: 동그랗게 마모된 조약돌 형태(tumbling stone, palm stone), 구슬, 조각품, 수정 결정의 육각기둥 형태로 연마 가공한 포인트, 표면을 무지갯빛으로 코팅한 오라쿼츠 등. 깔끔하고 예쁘며 상대적으로 부담 없는 가격대입니다.

2. 결정이 투명하고 컬러가 선명하며 표면이 반짝이는 3만 원 선의 미니어처 클러스터(3~5센티미터 내외): 너무 크기가 작으면 실망하기 쉽고, 너무 큰 것은 아무래도 조금 부담스럽습니다. 온라인 구매 시 정확한 사이즈 확인은 필수입니다!

3. 원석 액세서리: 구슬을 엮은 장신구, 레진에 원석을 넣어서 만든 인테리어 소품 등

초보 수집가가 예쁜 물건을 구입하여 첫 구매에서 행복한 경험으

로 입문한 뒤에는, 머지않아 반복적으로 구매하면서 행복한 경험을 누적할수록 점점 대범하게 가격대를 높여 가게 됩니다. 수집 취미는 금전을 만족감으로 교환하는 가장 효율적인 수단이기 때문입니다. 이때, 지불한 비용에 대비하여 상품 자체의 퀄리티도 중요하지

벗들이 주었던 귀여운 주머니와 구슬팔찌.

만, 상품을 구입하는 과정에서 멋진 공간을 방문해서 머물렀다는 느낌도 중요합니다. 온라인의 경우 스토어의 아름다운 사진과 영상을 구경하면서 기분 전환을 하기도 합니다. 또, 판매자에게 느끼는 친밀감이 쌓이면 단순한 구매자를 넘어 '팬'이 될 수도 있습니다. 일본의 경우 이런 팬 문화가 발달되어 있어서, 자신이 친밀하다고 느끼는 단골 판매자 1명에게서만 구입하는 등 충성도가 높은 고객의 모습을 보여 주는 경우도 상당히 많습니다. 또, 판매자에게 뭔가 배웠다는 느낌이 있으면 학구적인 사람의 꾸준한 흥미를 자극할 수 있습니다. 온라인 구매의 경우 언박싱 할 때, 신경 쓴 티가 나는 포장이나 사소한 덤을 발견하는 경험 등을 통해 느낀 사소한 행복감은 반복 구매의 좋은 동기가 됩니다.

구매하는 방법도 다양합니다.

예쁜 것을 좋아하는 분들은 원석을 보면, 그런 물건은 어디서 살 수 있느냐고 묻는 경우가 많습니다. 잠재적인 동료 수집가인 것이지요. 실제로 매장에 가서 실물을 감상하여 구입할 수 있으면 좋겠지만, 가까운 곳에 원석을 판매하는 매장이 없는 경우도 많습니다. 일본의 경우 지역별로 컨벤션 센터 등에서 주기적으로 미네랄 판매전이 열리기도 하는데, 한국에도 그 정도로 문화가 발달하려면 시간이 필요할 것 같네요.

그래서 현실적으로 직접 매장에 방문하는 게 쉽지 않은 경우에는 차선으로 온라인 상점을 통한 온라인 구매를 추천합니다. 돌은 완전히 같은 것이 없어서 단 1개뿐인 경우가 많고, 사람들의 보는 눈은 비슷해서 내 눈에 예쁜 물건은 남의 눈에도 예쁘고, 예쁜 물건은 품절이 빠르므로, 매일 체크해야 득템에 성공할 가능성을 높일 수 있습니다. 가성비를 조금 따지고 싶다면 해외 직구를 추천합니다. 그러나 직

삶은 계란이 아닙니다. 돌입니다. Common Opal from Ethiopia.

구라고 해서 무조건 저렴한 것은 아닙니다. 해외 배송비와 통관세, 기다리는 시간과 교환, 환불의 절차 등을 고려하면 국내에서 구하는 게 나을 수도 있습니다. 외

국인 소매상이 마진을 더 세게 붙였을 수도 있고, 한국인 판매자가 더 저렴한 도매가로 물품을 매입하여 직구보다 저렴하게 비슷한 물건을 파는 경우도 종종 있습니다. 그러니 서두르지 말고 천천히 다양한 채널을 섭렵하며 구경을 많이 하는 것도 좋은 과정이라고 생각합니다. 추천 사이트를 책 말미에 수록해 두었으니 참고로 하시면 좋겠습니다.

해외 직구의 경우 단가보다 배송비가 더 많이 나오는 경우도 있어서, SNS의 타임라인 내에서 취향이 비슷한 사람들이 모여 공동구매를 하기도 합니다. 그런데, 이 과정에서 '사공이 많으면 배가 산으로 간다'는 게 무슨 뜻인지를 깨닫게 되기도 합니다.

사실 공동구매를 진행하는 건 즐거운 과정입니다. 예쁜 물건을 많이 만져 보고 구경하고 포장해서 선물 보내는 건 행복한 일이잖아요…. 하지만 백 명의 평범한 사람들 사이에 한 명의 진상 구매자가 있다면? 전적으로 마냥 행복한 경험이지만은 않게 됩니다.

공구 진행자는 공동의 구매자일 뿐, 판매자에 준하는 책임을 질 근거가 없다는 걸 이해하지 못하는 사람이 많습니다. 변심 교환 환불을 태연하게 요구하기도 합니다. (외국인 판매자와의 소통은 누가 하지요? 중복으로 드는 해외 배송비는요?) 자기가 고른 물건의 실물을 받아 보니 마음에 안 들고, 공구 진행자가 구입한 물건이 마음에 드니 바꿔 내놓으라는 경우도 있습니다. 개인적으로 심각한 사연이 연속해서 일어남을 호소하며 입금을 미루는 사람도 있습니다. 진상입니다. 보통 이상한 사람은 한 가지만 하지 않습니다. 동시에 집요하기까지하고, 그 밖에 여러가지 문제를 다발적으로 일으키기 때문에... 이 한 명에게 시달려 멘털이 털립니다.

공구 진행이 힘든 점은 구매자가 진상일 때보다 판매자가 진상일 때 더 심해집니다. 판매자에게 문제가 있을 경우 불만족한 구매자 다수의 컴플레인을 진행자가 상대해야 합니다. 그런데 사실 진행자도 피해자이기 때문에 사실상 똑같은 입장이고 해 줄 수 있는 게 없어요. 스트레스만 많이 받을 뿐이죠.

대금을 결제하기 전에 공동구매 할 인원을 모아 미리 입금을 받아 두지 않고, 내가 랏트(lot; 도매 매물) 전체의 금액을 부담하여 구입해서 받은 뒤에 사람을 모아 나눠 가지는 '소분 공구' 형식을 취할 경우 이 리스크가 적어집니다. 실물을 내가 확인한 다음에 보내기 때문에 물건 자체에 큰 문제가 없다고 보고, 선입금 받은 게 없기 때문에 판매자 쪽에서 문제가 생겼을 때 이 문제가 확산되지 않고, 개인 선에서 마무리하면 됩니다. 단, 통관 등에 문제가 생겼을 경우 인원 모집이나 선입금을 받지 않은 공동구매는 개인 소비 용도라는 걸 증명할 근거가 없습니다. 형식상 단순 판매처럼 보이기도 하기 때문에, 액수가 커질 경우 문제가 약간 복잡해질 수 있어요. 그러니, 총 금액이 소액이면 소분 형식이 편리하고, 금액이 커진다면(예: 100만 원 이상) 선입금을 받는 공동구매 형식을 취하는 게 최선일 것 같아요.

또, 많이들 궁금해하시는 부분이 공동구매에서 진행자가 이윤을 남겨도 되는지 여부입니다. 원칙적으로는 안 됩니다. 그러나 판례상 수고하는 이에게 예를 들어 커피 한 잔 정도 사례하는 것은 도의적으로 그럴 수도 있다고 봅니다. 또, 100만 원 이하의 소액인 경우에는 현실적으로 일일히 관세청에서 문제 삼지는 않습니다. 그런데 가끔 보면, 공구 진행자가 단 100원의 이익을 남기는 것조차도 문제 삼고 싶고, 공구 진행자는 무조건 조금이라도 금전적인 손해를 감수해야만 좋은 것이라는 생각을 가진 경우도 가끔 보는데, 도의적으로 문제가 있는 사고방식이지요. 서로 정직하고 조금 너그럽다면 이런 문제는 생기지 않을 것 같습니다.

또 공구 구매자 입장에서 공구 진행자가 진상인 경우도 다채롭고 신선합니다. 진행자가 신뢰할 만한 사람인지 충분히 고려한 다음에 공구에 탑승하는 것이 좋습니다. 입금만 받고 잠수를 타는 경우가 가장 흔하며, 온라인 거래에서 일어날 수 있는 문제는 전부 일어날 수 있다고 보면 됩니다. 이렇다 보니, 개인적으로 해외 직구는 그냥 혼자서 사는 게 나은 것 같아요.

가성비를 따져 봐도, 도매로 엄청 저렴하게 물건을 뗄 게 아니라면, 물품의 금액이 일정 액수를 넘을 때(관세협정에 의하여 미국의 경우 상품 가격 200불, 미국 외의 다른 나라는 150불)는 관부가세도 붙게 되므로, 그 금액 직전까지는 혼자 구입하

Quartz, from Arkansas, U.S.

는 게 유리합니다.

해외 직구 하실 때 카드 결제는 페이팔을 꼭 경유하세요. 어지간한 분쟁은 증거자료만 있다면 페이팔이 깔끔하게 환불로 해결해 줍니다. 국내법이 미치지 않는 해외에서 문제가 생길 경우를 대비할 수 있는 좋은 대안입니다.

반짝이는 돌멩이를 좋아합니다.

동호 활동을 하다 보면 서로가 서로의 선생님이 됩니다. 각자 나름대로의 지식을 나누고 공유하여 집단지성을 형성하게 됩니다. 이 과정에서 나에게 주어진 질문에서 화두를 찾게 되어 곰곰이 자신을 되돌아보게 되는 일도 종종 있습니다. 이번 장에서는 이와 같이 온라인으로 동호 활동을 하면서 주어진 질문들을 통해 왜 내가 광물을 좋아하게 됐는지, 스스로를 좀 돌아보았습니다.

바닷가에서 주워 온 자수정 조약돌. 고흥.

어린아이들은 모두 돌멩이를 좋아합니다. 저도 어릴 적에는 물결에 닳아 반들거리는 동그란 조약돌에 마음을 빼앗기곤 했어요. 사실 누구라도 반짝이는 투명한 수정을 보고 예쁘다고 생각하지 않을 수는 없을 거예요.

아름다운 것을 좋아하는 것은 인간의 본성입니다. 사람들은 누구나 반짝이는 것을 좋아합니다. 금과 보석, 새 전자기기, 잘 관리된 자동차, 아끼는 장비들, 크리스마스의 조명, 일렁이는 촛불, 반짝이는 별, 사랑하는 사람의 눈동자, 그리고 그 속에 비친 나 자신이 빛나고 있다면 얼마나 가슴 벅찬 일일까요?

이와 같이 우리가 반짝이는 것을 좋아하는 까닭은 어쩌면, 우주의 조각인 우리가 세상에 흩어진 나 자신의 조각에 이끌림을 느끼기 때문이 아닐까 하고 생각해 봅니다. 사실 인연을 만나는 데에는 이유가 필요하지 않지요. 저 역시 그렇습니다. 단지 때가 되어 만날 사람을 만나듯이, 문득 깨닫고 보니 내 마음이 가는 길을 따라서 광물을 좋아하게 되어 있었다고 생각합니다.

수집벽은 타고나는 것 같습니다. 수집 취미는 일종의 성격이나 습성 같은 것이라, 누구에게 배우지 않아도 영유아기에 이미 그 싹이 틉니다. 길에서 주운 작은 돌멩이, 나뭇가지, 열매와 색종이, 스티커 같은 것들로 시작한 수집 취미는, 사람이 성장함에 따라 점차 다양한 분야를 섭렵하게 됩니다. 조그만 인형이나 조립 장난감, 문구류, 화장품과 패션 의류, 전자기기와 인테리어 소품 등을 거치며 점점 분야를 넓혀 갑니다. 돌아보니 저의 수집 취미도 여러 주제를 거닐며 목적 없이 즐거이 현재를 산책했던 것 같네요.

더 솔직히 말하자면, 뚜렷한 계기는 잘 모르겠습니다. 분명한 건 2년쯤 전 (2020년 5월경) 트위터에 원석 계정을 개설하기 전에는 딱히 돌멩이를 구입하거나 모은다는 개념 자체를 생각해 본 적이 없고, 이런 취미를 갖게 될 거라고는 딱히 상상도 해 보지 않았다는 거예요.

사실, 이건 사랑에 대한 이야기입니다.

돌을 모으기 전에, 저는 취미로 몇 년 동안 수반에다 연꽃과 옥잠을 키웠습니다. 처음엔 시장에서 수련 씨앗을 다섯 개 사다가 발아시켰는데 3개만 싹이 나왔고, 그걸 처음에는 이 나간 컵에 담아서 키우다가, 점점 큰 그릇에 옮기게 됐지요. 겨울을 두어 번 난 뒤엔 제법 큰 수반을 구했고 그런 이후에도 몇 년째 매일 들여다보고 애정을 쏟으며 애지중지 기르던 연꽃이었습니다.

그런데 유난히 뜨겁던 한여름, 불볕에 익어서 모두 죽어 버렸습니다. 냄비에 삶은 것처럼…. 평생 그런 일이 한 번도 없었기 때문에 전혀 예상치 못했을 뿐만 아니라, 이루 말할 수 없이 상심했어요. 그 충격으로 며칠 동안 제대로 먹고 마실 수조차 없었고, 고열이 나 앓아누웠습니다. 동물이 아니고, 사람은 더더구나 아닌 식물에게 어쩌면 이렇게 마음을 줄 수가 있느냐고요? 생명이 없는 자동차나 기계, 나를 알아주지도 않는 연예인, 또는 실제로 존재하지도 않는 웹툰이나 게

암석 위에 피어난 꽃. 마음수련 지역센터에서.

임 속의 캐릭터나 메타버스의 아바타에 애정을 쏟기도 하는 게 사람 아닐까요? 이미 생겨난 마음에 왜 생겨났는지를 따지는 것은 아무런 의미가 없습니다. 사랑하는 마음이 바로 사람의 본성일 것입니다.

아무튼, 그리고 이듬해에 다시 봄이 돌아왔는데 마음이 헛헛해서 아무것도 심거나 가꿀 수가 없었어요. 그 한 해 동안은 매년 채소를 심어 가꾸던 베란다 텃밭도 전혀 돌보지 않았어요. 돌보지 않아도 그 자리에서 움트고 자라는 초록에 가끔 물을 주는 것이 전부였습니다. 그때 그 수반은 수년이 지난 지금에 와서도 쳐다보기도 싫어서 창고에 처박아 둬 버렸어요.

그러던 어느 날, 트위터를 보다가 우연히 돌멩이를 애지중지하는 취미가 있는 걸 알게 되었습니다. 아마 충분히 이별을 겪은 뒤에, 새로운 사랑을 받아들일 마음의 준비가 되었던 타이밍이었던 것 같아요. 무엇을 사랑한다는 것은 불이 붙는 것과 같습니다. 연소에 연료와 공기, 발화점 이상의 온도라는 3요소가 필요하다면, 무엇을 좋아하는 마음에도 3요소가 필요합니다. 좋아할 대상인 돌(가연물)과, 지속적으로 돌을 접하고 좋아할 수 있는 환경(지연물), 그리고 몰두할 수 있는 마음의 자세(점화 에

형석 내부의 아름다운 줄무늬.

너지). 이 세 요소 간에는 순서의 우열을 정할 수 없습니다. 왜냐하면 3박자가 동시에 들어와서 맞아떨어져야만 발화가 가능하기 때문입니다. 그런데 사실 돌은 늘 그 자리에 있었고, 내가 취미 생활을 하는 데에 필요한 시간과 비용, 공간 등의 잠재력도 사실 어느 정도 이미 갖추어진 상태였습니다. 그러니 시작하기 위해서 필요한 것은 오직 하나, 내 마음의 불꽃이었던 것입니다.

그러니까 그것은 이 모든 요소가 모두 준비된 듯 겹쳐져 점화된 어느 날이었을 것입니다. 정확히 기억나지 않지만, 그 순간 내 작은 연못을 대신해 애정을 쏟을 수 있는 새로운 대상을 발견했다는 것을 깨달았던 것이지요. 한나절 폭염에 덧없이 죽어 버린 나의 향기롭고 빛났던 수련과 옥잠을 대신할 수 있는, 절대 죽지 않는 빛나는 돌멩이라니! 얼마나 매력적으로 와닿았는지 모릅니다. 그렇게 되어 처음으로 구입한 것은 각도에 따라 푸른빛과 노란빛으로 다르게 보이

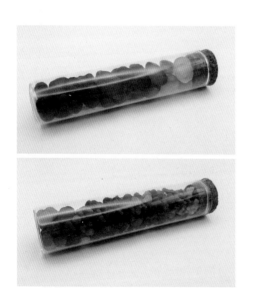

는 유색효과가 훌륭한 래브라도라이트 labradorite 팜 스톤 palm stone (손바닥 크기로 둥글게 연마한 손 노리개 돌. 힐링 스톤) 한 쌍이었어요. '트위터 #원석마켓'에서 그걸 처음 샀을 무

다양한 색깔의 자잘한 옥수 결정들을 구해 유리병에 그라데이션으로 배치해 보았습니다.

렵엔 너무 예쁘고 신기하고 좋아서 낮에는 온종일 손에 쥐고 다니다가, 밤에는 머리맡에 두고 자곤 할 정도였지요. 그러다가 지금은 둘 중 하나는 새 주인을 찾아 떠나보내고 기념으로 한 개만 남겨 뒀어요. 인공적으로 연마한 것보다는, 천연 상태의 알록달록하고 뾰족한 미네랄 표본이 저의 취향이라는 걸 깨달았거든요. 그래서 무지갯빛 모든 색색깔의 표본들을 모으는 걸로 목표를 바꾸게 되었습니다.

돌멩이라면 꽃처럼 죽거나 시들지 않을 거예요. 수정은 아름답고 깨끗하고 조용하며, 늙지도 병들지도 죽지도 않고, 어디든 주머니에 넣어 다니며 모든 순간을 함께할 수도 있습니다. 언제까지나 애정을 쏟아도 한결같이 그대로일 것 같아서 좋아요. 저는 공간을 배치하고 꾸미는 걸 좋아하니까 그런 면도 잘 맞아요. 돌이 나를 위해 맞춰 주는 그런 건 사실 없을 거예요. 하지만 아무것도 기대하지 않아도, 우리는 그냥 서로 잘 맞는군요. 그러니 한동안 이 취미에 머물러 있을 것 같습니다.

개인적으로, 반려동물의 입양을 처음으로 고려하는 분에게 애완

자개함에 담긴 푸른 원석구슬.

돌멩이를 적극 추천합니다. 돌멩이는 산책을 시키지 않아도 됩니다. 먹을 것을 챙기지 않아도 괜찮고, 냄새가 나지도 않습니다. 집을 어지럽혀 귀찮게 하거나, 질병을 앓아 걱정시키거나 병원비 같은 예상치 못한 추가 비용을 발생시키지 않고, 아무리 많이 입양하더라도 학대나 방임의 문제가 발생하지 않으며, 설령 싫증 나서 팽개치더라도 도덕적인 문제나 환경문제를 유발하지 않습니다. 생명체가 아니므로, 한 생명의 일생을 책임지지 않아도 됩니다. 바쁠 때는 그냥 내버려두면 됩니다. 조그만 돌이라면 타인에게 부담 없는 선물로 줘 버릴 수도 있습니다. 그런 점에서 누구에게나 권장할 만합니다. 그리고 돌은 인간처럼 감정적으로 부딪힐 일도 없고, 배신하거나 애먹이는 일도 없겠지요. 취향에 맞는 외모와 크기로 선택할 수 있고, 애완용으로 너무 완벽합니다.

돌 취미도 장르가 다양합니다.

돌에 흥미를 갖고서 둘러보니 돌 취미에도 장르가 다양합니다. 가장 대중적인 것은 아무래도 '보석'입니다. 깎고 다듬어 금에 세팅한 보석을 마다할 사람은 동서고금 전 세계를 통틀어 찾아보기 어려울 것 같습니다. 국내에서 가장 선호되는 다이아몬드, 사파이어, 루비, 에메랄드의 4대 보석은 대표적인 귀보석입니다. 거기에다 1가지를 더하면 5대 보석이 됩니다. 일본은 진주를, 서양에서는 자수정을 손에 꼽으며, 중국은 비취를 다이아몬드보다 선호하여 모든 보석 중 최고로 칩니다. 이러한 귀보석은 가격이 매우 비싸기 때문에, 광산에서 채굴

된 천연석이 아닌 실험실에서 인공환경을 조성하여 동일한 물질과 분자구조로 결정을 성장시킨 합성석으로 대체할 수 있습니다. 합성석은 가격 대비 품질이 우수하므로 오히려 천연보다 더 선호하는 분들도 많습니다.

유리로 된 모조가 아닌 천연 원석을 원하는 분 중에는 합리적인 가격대의 준보석을 선호하는 분도 많습니다. 준보석은 공급량이 많기 때문에 가장 대중적인 보석이라고 할 수 있습니다. 한편으로, 대중적인 취향이 아닌 분들도 있습니다. 특별한 빛깔을 가진, 세계에서 단 한 군데의 산지에서 소량 생산되어 이름조차 생소한 희귀석을 좋아하는 분도 있습니다. 무엇을 좋아하든, 개인 취향입니다.

그다음으로 많이 알려진 것이 '수석'이라는 장르입니다. 제 생각에 수석은 돌 그 자체보다는 돌을 재료로 하여 잠재된 형상을 드러나게 하는 예술품에 가까운 것 같습니다. 직관적인 관찰력으로 시적인 의미를 부여하는 동아시아의 전통적인 고상한 취미이기도 합니다. 수석과 분재는 좋은 벗이지요. 한국의 경우 70~80년대 경제성장기에 중산

산봉우리 같은 충주 수정과 중국산의 Pyromorphite 클러스터

층 이상을 중심으로 수석을 집에 두는 것이 교양과 부의 상징처럼 여겨져 크게 유행했습니다. 그 무렵 입문해서 지금까지 일생 동안 한 가지 취미를 우직하게 이어 오는 분들이 계십니다.

그리고 세월을 넘어온 돌인 '화석' 또한 주요한 장르입니다. 한반도에는 화석이 상당히 많이 매장되어 있으나, 이미 그 지표 위로 도시가 형성되어 있는 경우가 많아 발굴하기 어려운 것이 현실이라고 해요. 가까운 야산의 퇴적암층을 주의 깊게 살펴보시면 보물을 발견할 수 있을지도 모릅니다. 단, 국내법상 개인에 의한 화석의 채굴이나 유물의 발굴 등은 불법행위에 해당되고 이것을 거래하는 행위 역시 불법에 해당되어 처벌받을 수 있는 점을 유의하셔야 합니다.

또, 우주를 넘어온 돌, '운석'도 하나의 큰 장르를 이루고 있습니다. 세계의 운석 애호가들은 운석이 지표에 떨어지기만을 손꼽아 기다린다고 해요. 천문관측 소식을 주목하고 있다가 운석이 떨어졌다는 소식이 들리면 탐색 팀을 꾸려 비행기를 타고 세계 어디로든 날아가 운석을 탐사하며 일확천금을 꿈꾸기도 한다고 합니다.

마지막으로 제가 사랑하는 '광물'이 있습니다.

황철석으로 치환된 암모나이트 화석.

광물의 정의는 다음과 같습니다.

광물(鑛物; mineral)

암석의 구성단위로서, 자연산 무기물이며, 규칙적인 결정구조와, 한 종류의 원소 또는 화합물로 이루어진 명확한 화학조성을 가지며, 지표 온도에서 고체이다.*

광물은 일반적인 지표 온도에서 고체이어야 하므로 눈꽃과 빙하는 광물이지만 물은 광물이 아닙니다. 예외적인 경우도 있어서, 상온에서 액체인 수은은 광물입니다. 수은은 영하 39도에서 고체로 변합니다. 그 밖에 오팔은 결정구조가 없어도 광물로 취급하며, 상온에서 액체 상태인 남극석도 광물로 봅니다.

광물은 무기물질이지만, 유기화합물로 된 광물도 있습니다. 유기물질인 동식물 등이 땅속에 묻혀서 탄화, 변성된 석탄이나 석유, 호박, 그 분자의 구조가 규소 등의 광물로 치환된 화석류도 넓은 의미에서의 광물의 일종으로 볼 수 있습니다. 또, 유기화합물인 산호나 진주의 경우 광물이라고 하기는 어렵겠지만 보석으로 가치가 있다고 할 수 있을 것 같습니다.

광물은 인간에게 어떠한 쓰임이 있는지를 기준으로 분류할 수도 있습니다. 보석으로 가치가 있는 보석광물, 유용한 원소를 함유하고 있어 자원으로 가치가 있는 광석광물, 그 밖의 모든 광물을 맥석광물이라고 합니다. 수집 가치가 있는 표본 광물은 이 모두를 아우릅니다.

* 광물의 정의. 백과사전 참조.

수집가의 취향에 따라 아름답고 특별하다고 판단되면 무엇이나 수집 대상이 될 수 있습니다.

어떤 분들은 신비주의적으로 접근하기도 합니다. '힐링 스톤'이라고 하여 수정이나 광물들의 기운을 느끼거나, 힐링 스톤이 명상을 촉진한다고 여기기도 합니다. 또 광물에서 인체에 유익한 광선 등이 나오므로 건강에 도움을 준다고 믿기도 합니다. 저처럼 단지 다양한 것을 모으고 감상하며 공부하는 재미로 수집하시는 분들도 많고, 국내산 광물을 보존하고 가치를 알리려는 사명감을 가진 분들도 있습니다.

또, '광물의 국제 시세는 지속적으로 우상향하는 경향이 있으므로 투자가치가 있다'고 생각하시는 분도 있습니다. 개인적인 경험으로도, 광물 표본의 소매가격은 매년 꾸준히 상승합니다. 언젠가 구입할 물건이라면 빨리 구입하는 것이 대체로 이득입니다.

Pallasite from Kenya.

그러나 되팔 때는 보통 중고 가격으로 팔게 되므로, 소매가격으로 구입했다면 매입가보다 크게 높여 팔아서 차익을 남기는 것은 단기간 내에는 어렵습니다. 사용감이나 손상이 생기면 가치가 하락하는 리스크가 있으며, 공식적인 매입처가 국내에 없다는 점도 고려해야 합니다. 도매로 물건을 사 두었다가 시간차를 두고 소매로 판매하는 것이라면 상당히 가능성이 있다고 보지만, 국내 사업은 시장이 매우 협소하므로 부업 이상의 규모는 어려울 수 있고, 투자 목적으로 보기에는 현금화와 보관이 다소 번거롭다는 점도 단점입니다. 투자 목적이라면 현물보다는 관련 ETF등을 고려해 볼 수도 있습니다. 다만 인사이트 없이 무턱대고 접근하는 것은 절대 권하지 않습니다. 충분히 알아보신 뒤에 현명하게 결정하기를 바랍니다.

욕망을 욕망하는 시대, 우리가 진짜로 원하는 것은?

택배를 받아서 개봉하는 순간도 즐겁지만, 사진을 찍어서 온라인으로 공유해 보는 것도 즐거움입니다. 인터넷이 활발하지 않던 시대의 수집 취미는 개인적인 만족에서 끝나는 경우가 많았지만, 인터넷 세대의 취미 활동은 개인 차원을 넘어 네트워크로 통합니다. 온라인

석류석garnet 의 다양한 색상을 수집해 보았습니다.

을 기반으로 한 동호 활동은 집단지성을 기반으로 하므로 관련 상식의 습득이 빠르고, 수집품의 거래도 비교적 용이하며, 사적인 수집 활동이 사진과 영상의 형태로 온라인을 통해 폭넓게 확산되어 서로의 행위와 감정을 강화합니다. SNS를 기반으로 활동하는 사람들 중에는, SNS에서 사람들이 반응할 것 같은 물건을 무리해서 사들이는 경우도 있습니다. 수집을 통한 자기만족 자체보다는 과시가 목적이 되기도 합니다. 또, 동호인 간에 쉽게 경쟁이 붙기도 합니다. 또, 과도하게 수집에 몰두하여 분수에 넘칠 정도로 무리를 하다가 금전적인 부담이 되어 괴로움을 겪는 경우도 종종 보입니다. (네, 남의 얘기만은 아닙니다…. 이 책에 실린 모든 좌충우돌한 사연은 대체로 저의 직간접적인 시행착오를 담고 있음을 알려드립니다.)

하지만 본인의 취향이 아닌 물건은 가지고 있어 봐야 시간이 지나면 결국 짐이 됩니다. 남들이 좋다고 하는 게 내게는 그만큼 좋지 않을 수도 있어요. 자기 자신이 정말 좋아하는 게 무엇인지를 좀 더 탐구해야 하는 순간입니다. 욕망을 욕망하는 시대를 살아가는 우리에게는 내면의 이정표가 필요합니다. 내가 지금 원하는 것은 정말 나 자신이 원하는 것인가요? 아니면 유행을 타는 것인가요? 남에게 지지 않기 위해서 불필요한 과정을 억지로 겪고 있는 건 아닌지요? 우리가 진짜로 원하는 건 무엇일까요? 또, 우리에게 정말 필요한 것은 무엇일까요? 우리가 번뇌하는 모든 순간을 스스로 알아차릴 수 있다면, 그 순간에는 스스로를 돌아볼 수 있다면 좋겠습니다.

처음부터 본인이 감당할 수 있는 만큼 한계를 명확하게 정해 두면 과소비를 막을 수 있을 거예요. 예를 들어 우리는 취미 통장을 따로 만들어 볼 수 있어요. 취미 적금을 부을 수도 있고요. 적금 만기가 되었을 때는 취미에 플렉스 해 버릴 수도 있지만, 다른 필요한 일이 생겨서 요긴하게 사용하거나, 그걸 종잣돈 삼아 재투자를 할 수도 있습니다. 구체적인 예를 들자면, 월급날 한 달에 한 번, 정해진 금액 이내에서 소비하는 취미 생활이라면 나쁠 게 없습니다. 일상생활과 취미 사이의 균형을 잘 잡으시고, 즐거운 면만 한껏 취하시기를 바랍니다.

가장 중요한 건 스스로에 대한 이해입니다.

많은 선배 수집가 선생님들께서 한결같이 조언해 주시는 말씀은, 직간접적으로 다양한 경험을 해 보라는 것입니다. 지갑을 열거나 필드로 뛰쳐나가기 전에, 출판물과 SNS에 공유된 자료들을 먼저 충분히 살펴보고, 박물관이나 광물 샵에 직접 방문해서 퀄리티가 높은 광물의 실물 표본을 접하는 과정을 먼저 거치는 것은 나의 안목과 직관을 기르는 데에도 큰 도움이 됩니다.

수집 취미에서 중요한 부분은 물론 수집하는 대상인 돌 그 자체이기도 하지만, 수집이라는 과정의 프레임을 통해서 나 자신을 돌아본다는 것에도 있습니다. 내가 왜 이 빛나는 조각에 이끌리는지? 그 당위가 필요하기 때문에 원석에 어떠한 비물질적인 의미를 부여할 수도 있습니다. 또는 잠잠히 어린 시절을 회상할 수도 있을 것입니다. 어느 순간 돌아보니 나의 안목이 이만큼 향상되었구나, 하고 깨닫는 순간도 있을 거예요. 그건 '한 단계 경지가 올라갔다'는 느낌이랄까요? 수집가 개인으로서 스스로 느낄 수 있는 가장 벅찬 순간이 아닐 수 없습니다.

또 한 가지, 이것은 새로운 세계로 향하는 여행이나 산책과도 같다는 것입니다. 여행의 완성은 일상으로 돌아오는 것, 즉 여행 자체가 소멸되는 것에 있습니다. 산책은 비목적적인 여행이며 그 자체로 일상의 일부입니다. 광물을 수집하면서 가장 좋았던 점은, 알면 알수록 계속해서 새로운 아름다운 것들이 눈에 띄고, 나는 크게 에너지를 소비하거나 큰 리스크를 감당하지 않고도 그것들을 끊임없이 원하고 탐구하며 열망할 수 있다는 점이었습니다. 현실의 스트레스로부터 도피하기에 좋으면서도 가상의 것이 아닌 실물이어서 더 좋았습니다. 실제로 소유하고, 손에 쥘 수 있고, 오감으로 느낄 수 있다는 것. 도파민이 팡팡 나오는 것 같았어요. 그러나 결국은 그 모든 과정을 통하여 우리는 일상으로 돌아와야만 합니다. 사실은 여행과 일상 모두가 나

아버지가 80년대 해외 근무하면서 채집해 오신 것을 물려받게 되었습니다.

의 세상이며, 나의 삶의 일부이기도 하니까요. 나로부터 출발한 이 여정은 돌을 경유하여 세상으로 확장되며, 세상에서 다시 나로 돌아옵니다. 나는 세상 안에 있고, 세상은 내 안에 있습니다.

사실 이 모든 과정을 통하여 가장 중요한 건 바로 나 자신이지요. 사람이 어떠한 행동을 하는 것의 목적은 결국 사람 그 자체일 거예요.

돌을 좋아하는 이유는 다양하겠습니다만 저는 작고 예쁘고 반짝이는 게 좋습니다. 다른 큰 의미가 필요할까요? 예쁘면 다 됩니다!

개인적으로 제올라이트의 일종인 어안석apophyllite을 아주 좋아합니다. 퀄리티가 좋은 인도산 어안석은 언뜻 보면 수정과 비슷하면서도 특유의 상큼한 매력이 있다고 생각합니다.

한국은 광석 제올라이트의 세계적 산지 중 하나임에도 불구하고, 아쉽게도 표본으로 가치가 있는 결정형을 발견하기는 어렵다고 합니다. 광물 탐사를 통해 이런 아름다운 결정을 발견할 수 있다면 너무 신날 텐데요! 하지만 제가 늘 하는 말처럼 우리는 우리가 발견한 것만 발견할 수가 있습니다. 그것으로 충분합니다!

제가 탐석에서 수정을 발견할 수 없었다면, 지금처럼 수정을 즐겨 모으게 되지 않았을 수

눈꽃 가지 같은 칼세도니 종유석에 얼음 조각 같이 내려앉은 아포필라이트의 군집.

도 있을 것 같습니다. 흙에서 수정을 발견해 꺼내는 순간의 기쁨은 무엇과도 비교하기가 어렵습니다. 최고의 순간 중의 하나가 아닌지 생각해 봅니다.

탐사를 다니면서 초창기에 채집했던 다양한 표본들을 진열 상자에 모아 두었습니다. 수정, 모수석, 황철석, 장석 등. 모두 언양 인근에서 채집.

4. 광물을 보관할 때 주의해야 할 점

초보 수집가로서 시행착오의 기록을 공유합니다

살면서 너무 가슴 아픈 사연을 하나하나 모두 겪어 볼 필요는 없는 것 같습니다. 안전하고 허용된 범위 내에서 시행착오와 실수를 자유롭게 경험하는 건 즐겁고 중요한 과정이지만, 반드시 그런 걸 경험해야만 성장하는 건 아닙니다. 모든 생명체는 위험을 회피하려는 본능이 있고, 사람도 마찬가지여서 부정적인 경험을 하게 되면 그 이후로는 심리적으로 위축되어 유사한 카테고리에서 새로운 시도를 하기가 어렵게 됩니다. 단지 재수가 없었을 뿐이라고 하더라도.

최선을 다했지만 만족스러운 결과를 얻지 못했던 그런 순간들, 제가 먼저 경험해 보았습니다! 오답 노트라고 생각하셔도 좋습니다. 최대한 간접경험을 얻어 가시기를 바랍니다. 직접경험은 잠시 넣어 두세요.

진열은 스탠드를 사용해 지지해 세워 두는 방법이 가장 대중적입니다. 개별적으로 방진 케이스에 넣어서 보관하시면 습도를 관리하기에도 좋고, 케이스만 관리하면 되니까 편리합니다. 수분에 영향을 받지 않는 수정 등의 광물은 어항이나 수반, 분재 등을 꾸미는 소재로 사용하기도 합니다. 어떤 형태이든 취향대로 하시면 되겠습니다. 저마다 다양한 스타일이 있고 무엇이나 자유롭다는 것이 너무나도 좋습니다.

개인적으로 수집 취미를 하면서 들어 본 가장 멋진 전시 방법은 박물관이나 테마 카페를 개소하여 대중에게 공개하는 것이었습니다. 그리고 가장 가슴 아픈 보관 방법은 가족에게 들키지 않으려고 직장 캐비닛에 넣어 둔다는 것과, 단순히 사과 박스에 담아서 창고에 넣어 둔다는 것이었습니다.

대부분의 경우는 먼지가 앉는 걸 관리해 주거나, 손상을 주의하시는 걸로 관리는 끝입니다.

손상은 크게 3가지로 나뉩니다.

벽면을 이용해 아기자기하게 디스플레이 해 보았습니다.

첫 번째, 물리적인 파손

모든 광물은 충격에 주의해야 합니다. 섬세하고 미세한 결정으로 되어 있거나, 경도와 연성이 낮은 광물은 별도로 보관하는 것이 좋습니다. 광물끼리 포개어 두는 것은 추천하지 않습니다. 경도가 동일한 광물 간에도 마찰하면 서로 긁힌다는 점을 염두에 두기를 바랍니다. 또, 경도가 높다는 것은 단지 상대적으로 마찰에 강하다는 의미일 뿐이고, 경도가 높은 광물이라고 하여도 충격에 의해 깨지거나 내부의 얼(흠이나 균열) 등 약한 부분이 쪼개질 수도 있다는 점도 주의해야 합니다.

두 번째, 자외선에 의한 퇴색

가끔 커뮤니티에 후기가 올라오는 부분입니다. 선명했던 컬러가 흐릿하게 퇴색되면 다시 되돌릴 수 없으니, 가급적이면 햇볕이 들지 않는 그늘에 보관하는 것이 좋습니다. 자수정과 방해석, 스포듀민(쿤자이트) 등이 이러한 슬픈 사연의 단골 손님입니다.

세 번째, 화학적인 부식

염분이나 수분, 산과 알칼리(ex. 땀과 비누) 등에 의해 부식되기도 합니다. 액세서리인 경우엔 피할 수 없는 부분입니다. 착용하지 않을 때는 되도록 청결하고 건조하게 관리하는 것이 좋습니다.

녹이 스는 물질인 경우엔 염분이 닿지 않도록 하고, 습도를 관리해 주어야 합니다. 녹슬지 말라고 기름을 바르는 경우도 있는데, 기름을 바르면 당장은 표면이 반들거리지만 먼지가 앉으면서 눌어붙으면 오히려 관리가 더 어려울 수 있어요. 또, 표면이 반들거리더라도 결정의 구조가 다공성인 경우에는 물과 오일이 스며서 컬러에 영향을 주거나, 부서지기 쉽게 변성될 수도 있습니다. (ex. 오팔, 펙톨라이트(라리마), 진주, 산호 등)

그 밖의 경우

투명한 광물(특히 구체나 프리즘 효과가 생기는 형태)의 경우 광물이 볼록렌즈 역할을 해서 햇빛을 집중시켜 화재의 원인이 되는 경우도 있을 수 있다고 합니다. 그래서 오컬트를 믿는 판매지의 경우 수정구슬을 판매하면서, 검은 천으로 덮어 두지 않으면 저주를 받을 수도 있다는 식으로 주의를 주기도 하는데, 화재를 예방하기 위해 꼭 필요한 주의 사항인 것 같습니다.

또, 광물 중에는 인체에 유해하거나 방사성 물질인 경우도 있습니다. 방사성 광물이 아니더라도 모든 광물은 산출된 직후에 미량의 라돈이 검출되며 방사능을 띠고 있을 수 있습니다. 따라서 세척하고 환기하는 작업이 필요합니다. 시중에서 구입한 광물은 이 과

한국의 장마 기간 고습도를 견디지 못하고 크랙이 생겨 버린 오팔 물방울.

정을 거쳐서 소비자에게 전달되는 경우가 많지만, 사전에 반드시 고려해야 할 문제입니다.

마지막으로 생각해 보아야 할 주의 사항은, 광물의 종류와 원산지 등을 기록해 두는 것입니다.

광물은 언뜻 보아 비슷한 퀄리티라도 원산지에 따라 가치가 천차만별로 달리 매겨지기도 합니다. 따라서 원산지 정보를 정확하게 알려 줄 수 있는 셀러에게 구입한다면 값싼 물건을 비싸게 사서 손해 보는 경우를 피할 수 있습니다. 또한 혹시 정리하게 되었을 때에 헐값에 처분되는 것을 막기 위해 광물의 정보를 정확히 기록해 두면, 시세를 조사하는 데에 큰 도움이 될 것입니다.

Micromount	대략 1cm미만	콩알보다 작은 크기입니다. 주로 보석광물이나 희귀 광물의 단일 결정. 1mm보다 작아서 현미경으로 관찰이 가능한 정도의 크기일 때도 있습니다. 이것만 집중적으로 수집하는 분들도 있습니다. 엄연한 한 갈래의 장르로 취급됩니다.
Thumbnail	~1inch (2.5cm)	손톱만 한 크기입니다. 주머니가 가벼운 학생들이 선호하는 사이즈이지만, 퀄리티가 높거나 희귀석이라면 상당히 고가일 수도 있습니다. 작고 예쁜 것을 좋아하는 일본 수집가들이 좋아합니다.
Miniature	~2inch (5cm)	손바닥 안에 쏙 들어옵니다. 세계적으로 가장 선호되는 대중적인 사이즈입니다. 적당히 크기와 중량이 있어 아름다움을 감상하기에도 좋고 보관하기에도 비교적 용이합니다.
Small cabinet	~5inch (12.7cm)	미니어처보다는 조금 더 스케일이 큰 것을 선호하는 분들. 저택이나 매장에 진열하여 공간에 화사함을 더하는 소품으로 활용되기도 합니다.
Cabinet	5inch+ (13cm 이상)	이 이상의 사이즈는 일반 가정집에서 복수로 소장하기에는 슬슬 부담스러울 수도 있습니다. 거기에다 퀄리티가 높아진다면 박물관으로 가야 할 느낌.

이것은 절대적인 기준이 아니며, 이렇게 분류할 수도 있다는 정도로 가볍게 생각하시면 됩니다. 검색할 때 참조하세요. 비영어권에서는 센티미터 단위를, 북미에서는 인치 단위를 많이 씁니다.

또, 중량의 경우 lbs(파운드; 약 454그램)인지 그램인지 캐럿(그램의 1/5)인지 등을 결제하시기 전에 꼼꼼하게 확인하신 후에 구입하시기를 바랍니다. 생각한 것보다 훨씬 작은 물건을 받아 실망할 수 있습니다.

5. 광물에도 가짜가 있나요?

그러니까, 어디부터 어디까지가 진짜 광물이라는 거지요?

가짜 광물 클러스터에는 여러 가지 유형이 있습니다.

첫 번째, 광물 결정과 흙을 접착제로 붙여서 덩어리로 만든 것.

이건 온라인으로 조금 구경을 하다 보면 감이 옵니다. 접착제가 수용성이라서 물에 넣으면 풀어진다고 합니다. 채굴 환경이 아닌 다른 곳의 부엽토나 퇴적된 모래 등을 묻혀 둔 것이라면 식별하기가 쉬운 편인데, 자연스럽게 보이기 위해서 일부러 채굴 환경의 토양을 가져다가 인위적으로 만들기도 한다고

비스무트Bismuth. 인공으로 만든 결정이지만, 특유의 아름다운 색상과 형태가 인기있습니다.

합니다.

두 번째, 랩 메이드 (Lab-made)

실험실에서 인공적으로 결정이 형성되는 환경을 조성하여 소비자가 선호하는 컬러와 형태를 합성하여 만들어냅니다. 진주를 키우듯이 핵으로 사용되는 물질을 넣어서 결정을 키우는 경우도 있고, 천연 결정 위에 얇게 인공결정이 덮여 자라도록 만드는 경우도 있습니다. 인공적이라는 점에서 엄밀한 의미의 광물은 아니라고 볼 수도 있는데, 성분이나 결정구조가 동일하여 감정해 보면 제대로 나오므로 모조는 아닙니다. 개인적인 생각으로 가성비가 좋기 때문에 나쁘진 않다고 봅니다.

랩 메이드인 것도 딱 보면 티가 납니다. 전형적인 특징이 있어요. 정직하게 lab-made나 artificial이라고 잘 보이게 명시하고 판매하는 경우도 있지만, 그렇지 않은 경우도 있습니다. 또, 판매자가 물건을 설명하면서 유사한 광물을 예시로 들기도 합니다. 이것을 보고 예시로 든 광물을 판매하는 것으로 오해할 수도 있으니 주의해야 합니다.

랩 메이드인 전혀 다른 물질을 고의로 제3의

랩메이드 스모키쿼츠. 불순물이 없이 깨끗하며 성장선이 없고, 바닥면이 자잘한 결정으로 이루어져 있으며 둥근 배양통에서 성장시킨 특유의 형태입니다.

광물이라고 속이는 경우도 있을 수 있고, 랩 메이드인 것을 명시하지 않고 얼버무리는 경우도 있습니다. 이것에 자연산이라고 속는 경우가 종종 있으니 주의하세요!

Lab-made의 특징

- 표본 전체에 내포물이나 모암 등의 불순물이 전혀 섞이지 않고 균질하다.

- 바닥면 등 표면이 균질하게 작은 다수의 결정이 엉겨 붙어 있는 특유의 형태.

- 결정면에 자연적인 환경으로 인한 성장선이 나타나지 않는다.

- 표면이 지나치게 깨끗하다.

- 결정을 성장시키기 위한 핵으로 사용된 물질이 확인된다.

- 색소를 사용하여 색상이 지나치게 화려하다.

- 실험실 인공 정동 사이즈 규격으로 판매자가 균일한 크기와 비슷한 형태의 클러스터를 대량으로 판매하는 경우 등.

세 번째, 천연석을 인공적으로 처리, 가공한 경우

'오라 쿼츠aura quartz'가 대표적입니다. 특유의 무지갯빛 광채가 예쁘기 때문에 인기가 많습니다. 천연의 수정에 광채가 나는 물질을 덧입혀서 만들며, 인공적인 처리를 했다는 점에서 완벽한 천연석이라고 보기는 어렵습니다. 이것을 천연이라고 속이는 경우가 있으니 주의해야 합니다.

아름다운 내포물의 감상을 용이하게 하기 위해 표면을 연마 가공하기도 합니다. 또, 아름다운 무늬가 있는 내부의 단면을 감상하기 위해 의도적으로 가공하는 경우도 있습니다. 멋진 형상으로 조각한 오브제는 좋은 수집품입니다. 그러나 그 이외의 대부분의 경우, 광물 표본에 있어서 인공적인 처리를 하는 것은 가치가 떨어지는 손상으로 봅니다. 인공적인 처리가 없이 결정의 원형 그 자체가 아름답고 반짝이는 것이 가장 좋은 것입니다.

네 번째, 유리로 된 모조 광물

오팔라이트opalight. 사금석 등등이 있습니다. 예쁜 유리입니다. 예쁘기 때문에 인기가 있지만, 마찬가지로 천연은 아닙니다. 이것을 천연이라고 오인하거나, 고의로 속여 고가에 판매하는 경우는 비교적 흔합니다. 현명한 소비자가 되어야 이런 불편한 상황을 모면할 수 있습니다.

또, 레진이나 클레이 등의 소재로 원석과 비슷한 질감 및 형태의

색색깔로 염색된 오라쿼츠.

작품을 만들어 판매하는 공방도 많이 있습니다. 실제 원석에서 보기 드문 다채로운 컬러, 천연 수정에서 볼 수 없는 예쁜 모형이나 자연물, 조명 등을 넣어서 만들기 때문에 액세서리나 인테리어 용품으로 인기입니다. 본인 취향에 맞다면 이런 것도 나쁘지 않다고 봅니다.

전문가에게 감정, 감별을 받는 것도 방법입니다.

보석류는 사진상으로 식별이 어렵기 때문에 가짜가 상당히 많습니다. 보석의 경우엔 GIA 등 신뢰할 수 있는 기관에서 발급한 감별서가 첨부되었는지를 확인할 수 있다면 좋습니다. 하지만 광물은 종류별, 개체별로 특이성이 뚜렷하기 때문에 육안으로도 식별하기가 비교적 용이한 편입니다. 필요에 따라 종로에 있는 보석 감정원에 가시면 소정의 비용을 지불하고 공신력 있는 감별서를 발급받으실 수도 있습니다.

그리고 직구를 하실 때 판매자 평가와 후기를 반드시 확인하세요.

천사의 하얀 날개 조각 같은 칼사이트 결정.

가급적이면 만족도가 별 5개, 또는 99% 이상인 판매자를 통해 구입하시길 권합니다. 문제가 생기는 것 자체를 싫어하는 사람들이고, 문제가 생겼을 시 어떤 형태로든 대응해 줄 가능성이 많습니다.

헷갈린다면 체크리스트로 확인해 보세요.

광물이란?	
자연 상태에서 고체	O , X
무기물질	O , X
규칙적인 결정구조	O , X
단일한 분자 구성 또는 명확한 화학조성	O , X

※단 하나라도 X가 있다면 일반적으로 광물이 아님. (단, 예외도 있음)

산에서 발견한 텅 빈 벌집. 벌들은 모두 어디로 갔을까요?

2부

운명의 돌멩이

바다 물결을 닮은 푸른 돌.

경도와 인성

경도는 마찰에 강한 정도를 나타내는 상대적인 지표이며, 인성은 변형이 일어나는 한도가 크고 유연하여 충격에 강한 정도를 나타내는 지표입니다. 이 두가지 성질은 반드시 비례하거나 반비례한다고 보기 어렵습니다.

예를 들어 다이아몬드는 경도가 높지만 인성은 그에 비해 약하므로 강한 충격에 의해 산산히 파괴되어 버립니다. 경도와 인성이 모두 낮은 물질의 예로 활석이나 석고를 원료로 만든 분필을 들 수 있습니다. 또 금, 은 등의 금속은 경도가 낮아 마찰에 의해 긁히기 쉽지만, 인성이 높아서 충격을 주면 구부러질 뿐이고 깨져 버리지는 않습니다.

1. 수집 취미에서 나눔과 순환도 중요합니다

개인적으로 물건이 많은 것을 좋아하는 편은 아닌데, 아름다움에 이끌려 광물 수집을 하게 됐어요. 만 1년 차의 저는 아직 모르는 돌이 너무너무 많습니다. 반짝이고 예쁜 돌을 좋아해요. 귀여운 돌멩이를 보면 마음이 들뜨고 좋습니다. 어린아이처럼 행복해집니다. 수집을 시작하고 첫 해에는, 알록달록한 미니어처 광물의 세계에 끌렸습니다. 그래서 가지고 있지 않은 색깔의 광물을 목표로 수집을 전개했어요. 1년이 지나 무지갯빛보다 더 다양한 컬러 스펙트럼의 다양한 표본을 모았을 때는 나름대로 성취감이 들어 무척 기뻤습니다. 한 목표를 달성하고 나니 다른 목표도 생깁니다. 좋아하는 특정한 광물의 다양한 형태나, 한 광물의 다양한 컬러를 주제로 모아 보고 싶다는 마음도 듭니다. 나름대로 절제하면서 이렇게 매년 나름대로의 작은 목표를 세우고 그걸 달성해 나가는 것이 소소한 즐거움이었습니다.

수집을 하다 보니 물건이 모이고, 물건이 자꾸만 모이면 마음이

번잡합니다. 번잡함을 덜기 위해서 취향과 퀄리티를 고려해 좋은 것은 남기고, '설레지 않는 물건들'은 덜어 냅니다.

덜어 낸 것은 순환시킵니다. 덜어 낸 것 중에서도 가격을 받고 팔아서 상대를 손해 보게 만들지 않을 물건이라는 자신이 있다면 판매를 합니다. 내가 돈을 조금 받느라 상대방으로 하여금 손해 본 느낌이 들게 할 수도 있겠다는 생각이 든다면 나눔을 합니다. 그 사이 어디쯤이라면 경매로 내보냅니다. 사실 방법을 선택하는 기준은 늘 같지 않습니다. 그때그때 마음 내키는 대로, 재미있을 것 같은 방법이면 충분합니다. 이건 제 놀이고, 취미 생활이니까요.

저 같은 경우에는 자주 내보내는 편은 아닙니다. 한번 들일 때 조금 신중하게, 이왕이면 통장이 허락하는 한 퀄리티가 조금 높은 것을 선택하는 편이라고 생각해요. 수집을 진행하다 보면 안목이 높아지고, 결국은 퀄리티가 높은 것을 원하게 된다는 점을 감안해야 합니다. 직접 보고 살 때는 최대한 깐깐하게 따집니다. 그러나 인터넷 구입을 할 때는 실물을 보는 것처럼 따질 수 있는 상황이 아니지요. 특히 '정확히 그 물건'을 받을 수 없고 대략의 중량만을 정해서 랜덤으로 보내지는 물건을 구입할 때는 시행착오를 감안하고 조금 느슨하게 수량을 넉넉히 삽니다. 그리고 실물을 보았을 때 조금 내 취향에 덜 알맞다면, 가차 없습니다. 즉시 방출합니다. 트위터 원석계의 벼룩시장인 #원석마켓, 네이버 카페의 1,000원 경매에 내보내는 친구들의 사연이 바로 이것입니다. 내 맘에 안 든 물건이니 1,000원 경매로 보내도 아깝지 않고, 누군가 기분 좋게 사 간다면 내 기분이 좋으니 win-win입니다. 이런 부분도 함께 즐기는 방법의 한 가지입니다. 저 역시 입문하고 초반에는 이런 경로로 구입해서 경험을 쌓았고, 이렇게 인연이 되어 오랫동안 소중히 간직하고 있는 표본들도 있습니다. 혼자가 아니라, 다 함께 행복해졌으니 더 좋습니다.

한편 '들인 것은 절대 내보내지 않는' 스타일도 있을 수 있습니다. 개인 취향이지요. 타인에게 피해를 주지 않는다면, 취향에는 잘잘못이 없습니다. 모든 취향은 사적인 행복 추구의 영역이고, 나름의 존중할 가치가 있습니다. 어떤 취향이나 스타일을 가진 사람이든 누구나 행복해지고 싶은 것은 같다고 생각합니다.

내가 머물던 자리가 더 편안하고 아름다워졌으면 좋겠습니다.

우리 모두에게 평화가 있기를 빕니다.

산에서 만나 데려왔던 검은 수정 덩어리.

2. 일생일석,*
단 하나의 운명적인 인연은 가능한가?

운명의 자수정; 초심자의 행운

이번 장에서는 개인적으로 아주 인상 깊었던 경험 이야기를 들려 드리고자 합니다.

바로 아래의 친구에 대한 이야기입니다. 광물 탐사를 다니기 시작하고 처음으로 정동을 발견하던 날 만나서 집에 데리고 왔어요! 사실 저는 손바닥에 쏙 들어올 정도의 미니어처 사이즈가 취향입니다. 보통은 이렇게 크고 뚱뚱한 물건은 좋아하질 않는데, 만나는 순간 첫눈에 반하고 말았습니다. 취향을 뚫고 들어와 버렸어요.

산에서 만나 가족이

이것을 저의 운명의 자수정이라고 부르겠습니다.

된 돌 친구. 겉은 노랗고 붉은 쇳물을 뒤집어썼고 속은 맑은 보랏빛이 투명합니다. 잘 발달된 결정의 구조와 복잡하고 섬세한 군집이 멋집니다.

언양산 자수정의 전형적인 형태는 아니지요? 광산과 조금 떨어진 산 꼭대기에서 만났어요. 지층의 결을 더듬다가 포켓을 발견했지요. 초심자의 행운이었답니다.

그건 완전 환상적인 상황이었습니다. 때는 제가 막 돌 취미에 입문을 한 2020년도 초여름쯤으로 기억합니다. 처음엔 제가 눈높이 조금 아래의 벽면 흙에서 석영 조각이 비죽이 나와 있는 걸 찾았어요. 그리고 그것을 호미로 조금 파내니 흙이 오색 빛깔로 층이 져 있었습니다. 그런 건 처음 봤어요. 훗날 언양에 계신 보배자수정 권 사장님께서 알려 주시기를, 그걸 광산에서 쓰는 용어로 '구박'이라고 부른다고 하더군요. 단단한 암석으로 되어 있던 정동이 풍화에 의해 삭으면 그런 오색 빛깔 흙이 된다고 해요.

그리고 마침 그때, 바람이 위로 솟구치고 주위의 나뭇잎들이 허옇게 뒤집히며 마구 흔들리더니 하늘이 캄캄하게 어두워지고 소나기가 막 쏟아지는데... 그 비를 맞으며 호미만 가지고 정신없이 조그만 보랏빛 수정 조각을 꺼내고 또 꺼냈어요 부드러운 흙에서요! 유튜브의 crystal collector 채널에서 본 것보다도 쉬웠어요.

한창 수정을 캘 때는 구름이 낮게 깔리고 천둥번개가 엄청 가까이에서 쳤어요. 조금 무서워서 지면에 바짝 붙어 있었지요. 그러다가 서서히 구름이 걷히고 하늘이 환해지면서 날이 개기 시작했어요. 쓰고 있었던 야구 모자에서 빗물이 뚝뚝 떨어질 정도로 쫄딱 젖었는데, 너무 신나서 크게 노래 부르며 수정을 양손에 쥐고 빗속에서 춤을 췄지요. 그리고 저 위의 뚱뚱한 돌 친구가 거의 마지막으로 태어났어요.

무슨, 좋은 명상을 한 것 같았습니다. 그 과정이 끝나고 나니 마침 비도 그치고, 호흡도 편안하고, 수년 동안 앓던 만성통증도 그 순간은 씻은 듯 사라져 몸이 너무 가볍더군요. 신기할 정도로요. 놀라웠어요. 그 순간에 어떤 의미가 있을까요? 사실 아무런 의미가 없어도 상관없을 정도로 빛났어요. 다시 이런 경험을 할 수 있을까요? 어쩌면 인생의 일회적인 사건일지도 모르겠습니다. 이날의 행운이 아니었다면, 그로부터 한 해 넘게 수정 탐사를 계속 이어 나갈 수 있었을지 장담하기는 어려울 것 같습니다. 사실 그 뒤에는 이런 엄청난 규모의 자수정 정동을 발견하는 일은 다시 찾아오지 않았어요. 다만 그 지나간 순간의 충만함을 추억하며, 동행한 도반과 이야기를 나누면, 지금도 저절로 미소가 지어지곤 합니다.

이날 찾은 돌들 중에 좋은 것은 추려서 가까운 벗들에게 나눠 주어 흩어 버리고, 또 일부는 진열 상자에 모아 두고, SNS와 카페 등에서 나눔 이벤트를 열어서, 수집 선배님들께 개인적인 사연 이야기를 들려 달라고 청하여 많은 분들이 좋아하신 이야기를 나눠 주신 분께 그 답례로 보내 드리기도 하고 그랬습니다. 그 모든 과정이 무척 즐거웠어요.

사실 저는 많은 분들과 이런 경험을 공유하고 싶었어요. 저는 이 과정의 경험이 무척 좋았기 때문에, 여러 사람들과 같이 경험을 나누고 같이 행복해지면 더 좋을 것 같았거든요. 그런데 몇몇 분들과 대화를 나눠 보니 탐석을 취미로 하는 모든 분과 마음의 결이 맞지는 않을 것 같았습니다.

의도한 것이 아니었다고 해도 자랑이 지나치니 괜한 부러움을 사고, 부정적인 생각을 갖는 사람도 생길 수 있겠구나 싶었을 때도 있었어요. 또, 이후에 관련된 여러 소식을 접하면서 생각한 거지만, 의도한 것이 아니었더라도 자랑을 해서 남을 부추겨 끌어들이면 결과적으로 좋아하는 장소의 주변을 어지럽히거나 누군가에게 피해를 끼치게 될 수도 있다는 것도 배우게 됐어요. 뭐든 과유불급인 것이지요.

사람은 원하는 바가 저마다 다르니까요. 모쪼록 각자 뜻한 바를 이루기를 기원합니다.

아직 배울 것도 많고 모르는 것도 많은 탐석 초년생이었습니다.

3. 다양한 수집 테마를 소개합니다

첫 번째, 한국의 광물

　'국산 광물'이라는 테마는 세계적으로 인기가 있는 주제입니다. SNS에서 지켜보면, 서양보다는 동양 문화권에서 선호하는 테마라는 느낌도 있습니다. 자신의 모국에서 어떠한 광물들이 나오는지에 대한 지식과 탐미는 즐길 만한 이야기입니다. 이런 방식으로 '국뽕'에 취해

탐사를 시작하고 초반에 채집한 광물 표본 친구들.

보는 것도 나쁘지 않은
것 같습니다. 다만 한국
에서는 광물의 표본을
전문적으로 생산하는
광산은 전무하므로, 상
점에서 원하는 것을 만
날 수 없을 수도 있고,
희소성이 있는 것으로
인식되어 퀄리티에 비

충주 지역에서 탐사로 찾을 수 있는 표본들입니다. 모두
동호 활동을 통해 선물 받은 것들. 형석, 수정, 몰리브데나
이트와 운모, 공작석 등.

해 가격대가 높아지므로 수집 난이도가 좀 있는 편입니다. 구입보다
는 직접 채집하거나, 동호회에서 교환거래를 시도해 볼 수도 있습니
다. 천천히 즐긴다면 어려울 것도 없습니다.

한반도는 지질학적으로 다양한 암석 및 광물이 존재하여 '광물의
샘플을 모아 둔 곳', '광물 표본실'으로 불린다고 합니다. 다양성은 풍
부하지만 아쉽게도 경제성을 기준으로 보면 매장량이 아쉽습니다. 국
토 내에서 석유가 발견되지 않았고, 다이아몬드는 포항에서 발견된
기록이 있습니다. 지질정보 사이트에서 살펴보면 좁은 면적 안에 다
양한 시기에 형성된 지층이 고루 분포하고 있음을 알 수 있습니다.

강원도에서 채취된 크리소프레이즈입니다. 우리말로는 호주 비취
라고 합니다. 광물학적으로 비취나 옥 종류는 아니고, 유리질(silica)의
보석이라고 합니다. 호주산과 육안으로 구분하기 어려우며, 성분 역

시 동일하다고 합니다. 이것이 발견된 것을 계기로 지질학적으로 대륙이동에 의해 먼 옛날 호주대륙과 한반도가 인접했음을 유추하게 된 자료라고 합니다. 이 크리소프레이즈는 강원도에서의 산출이 확인되기 전에 가야와 삼국시대 유적에서 곡옥 형태로 출토되어, 한동안 학계의 미스터리였다고 합니다.

크리소프레이즈. 귀인께서 선물로 주신 귀한 표본.

충남에서 채취된 아마조나이트(장석) 장석 결정입니다. 우리말로는 하늘과 물의 빛깔이라 하여 천하석이라고 합니다. 내부의 납 이온과 수분에 의해 푸른빛을 띠는 이 돌 역시 가야와 삼국시대 유적에서 곡옥 등의 형태로 출토되어 학계의 미스터리로 여겨졌습니다. 국내 산출이 확인되기 전까지는 실크로드를 따라 한반도에 유입되었을 것이라는 가설이 유력했다고 합니다. 그런데 주산지가 러시아의 첼랴빈스크(카타흐스탄 국경으로부터 서북쪽), 마다가스카르(아프리카 대륙 동남단), 미대륙(콜로라도). 이 거리를 옮기려면 좀 더 값비싼 것을 옮겨야 수지 타산이 맞을 텐데? 충남에서 이것을 발견하고 보

아마조나이트. 아름다운 푸른 빛깔.

니 역시나 한반도 내에서 자체 수급이 가능한 광물이었다고 합니다. 과연 한반도를 지구의 표본실이라고 할 만합니다.

경주 지역에서 채집된 수정과 방해석. 동호 활동을 통해 선물 받은 것. 제가 나눈 것보다 더 많은 것을 보내 주셔서 깜짝 놀랐던 기억이 납니다.

각각 화순과 고흥 지역에서 채집된 수정 표본. 화순은 구입하였고 고흥은 선물 받은 것입니다.

언양에서 채집된 표본. 큰 쇳덩이는 동호 활동으로 선물 받은 것. 하얀 방해석에 묻힌 보라색 결정은 보배자수정 사장님이 어린이에게 선물로 주신 것입니다. 나머지는 직접 채집한 것.

울진자수정은 맥상으로 발견되는 것이 특징이며, 보석보다는 건강제품 등으로 개발되고 있다고 합니다. 줄무늬가 멋진 표본을 코리아자수정 홈페이지에서 구입해 보았습니다.

두 번째, T.의 소장품으로 알아보는 모스굳기계

모스굳기계는 어린이와 초보가 목표로 삼기에 좋은 테마입니다. 10가지의 조암광물을 경도순으로 나열한 것으로, 활석, 석고, 방해석, 형석, 인회석, 장석, 석영, 황옥, 강옥, 금강석입니다. 이 중 장석, 석영, 방해석, 형석 등은 비교적 쉽게 발견되며 가까운 페그마타이트 지층이나 계곡에서 직접 채집해 볼 수도 있습니다.

모스경도 1. 활석. 미얀마산 제이다이트에 붙어 있는 흰 암석이 활석입니다.

모스경도 2. 석고. 세계 각국의 사막 지역에서 산출되는 장미꽃 형태의 셀레나이트 결정입니다. 형태의 정교함과 아름다움으로 인해

'사막의 장미'라는 별명으로 불리기도 합니다.

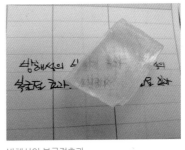

방해석의 복굴절효과

모스경도 3. 방해석. 방해석은 다양하고 아름다운 형태와 색상으로 발견되는데 사진과 같이 삼방정계 특유의 쪼개짐을 관찰할 수 있는 투명한 결정은 Ice spar라고 불리기도 합니다. 특유의 복굴절 광학효과를 관찰할 수 있어 어린이들에게 인기.

모스경도 4. 형석. 중국 등축정계의 대표 주자. 반듯한 정육면체, 정팔면체 등의 결정형으로 산출됩니다 다양하고 아름다운 색상으로 수집가들에게 인기입니다. From Yaogangxian, China.

모스경도 5. 인회석. 치아의 에나멜과 결정구조가 같다고 합니다. 표본은 멕시코산.

모스경도 6. 장석. 직접 채집한 국산 표본. 장석은 주변에서 만나기가 쉽습니다. 래브라도라이트, 문스톤 등이 장석류에 해당됩니다.

모스경도 7. 석영. 광물을 수집한다면 빼놓을 수 없는, 수정입니다. 육방정계의 대표주자다운 육각기둥이 특징입니다. 표본은 아프리카

에서 왔다고 해요.

모스경도 8. 황옥. Topaz, from Pakistan. 석영 위에 앉은 토파즈 결정. 석영보다 분광성이 좋으므로 상대적으로 번쩍번쩍합니다. 방사선 처리가 된 푸른색으로 더 유명한데, 자연에서는 투명하거나 노란빛으로 산출되는 경우가 가장 많습니다. 수정과 같이 나오는 경우가 많은데, 사방정계 결정형을 가지므로 쉽게 구분할 수 있습니다.

모스경도 9. 강옥. Corundum. 코런덤이라고 합니다. 무색~청색을 띠는 강옥을 사파이어라고 하고, 적색의 강옥은 루비라고 합니다. 보석으로 유명하지만, 경도가 높은 특징으로 사포 등의 연마제나 정밀 기계로도 많이 이용됩니다.

모스경도 10. 금강석. 다이아몬드입니다. 작고 귀여운 마이크로 표본을 구해 보았습니다. 사진상의 표본은 남아공에서 산출된 것으로, 판매자에 따르면 Conflict free라고 합니다. 보석 광물의 경우 아동노동이나 착취, 내전 등의 문제가 얽혀 있을 수 있는데, 이런 윤리적인 문제가 없는지 살펴보는 현명한 소비자가 되면 좋겠습니다. 피 묻은 보석을 걸치고 싶은 사람은 아마 없겠지요.

세 번째, 미네랄 무지개 색상환

T.가 초보로서 개인적으로 가장 먼저 도전했던 테마입니다! SNS로 공유하면 팔로우한 사람들끼리 서로 공명해서 각자 자신의 분야에서 자신이 가지고 있는 무지개를 보여줍니다. 타임라인이 온통 무지개로

물든 순간을 처음 마주했을 때는 조금 감동적이기까지 했어요. 그 공명이 아름다웠기 때문에, 그 일부가 되고 싶은 마음으로 저 나름대로의 무지개를 갖기를 원하게 됐어요. 무지개의 수집을 진행하면서 무리한 적은 없습니다. 그저 무지개를 마음에 담고 있다가, 타임라인에 색깔과 크기, 가격이 적당한 물건이 나타나면 사들였습니다. 주로 트위터 원석계의 동료들이 소장하고 있다가 개인 벼룩으로 내놓는 물건이거나, 광물 동호회 카페에 경매 등으로 올라오는 물건이었어요. 그렇게 무지개를 채워 가는 것은 사소하고도 기분 좋은 과정이었습니다. 색색깔의 돌 하나하나에 아는 사람으로부터 나에게로 이어지는 인연과 사연이 있습니다. 이야기를 좋아해요. 내가 한 번도 들어 본 적 없는 이야기, 내가 알지 못하는 이야기들이 좋습니다.

사랑하는 마음이 있다면 그 어디라도 좋을 것입니다. 사랑을 하면서 그 과정에서 경험하게 되는 일들이 생각했던 것과 달라도, 예상치 못한 것이라도, 기대한 적 없었다 해도, 상상도 해 본 적 없는 그 무엇이라도 참 좋을 거예요. 제가 돌멩이를 수집하면서 만난 자연의 모든 모습은 경이롭고 신비로우며, 즐겁습니다. 그리고 무척, 아름답습니다.

광물 무지개 색상환. 개인적인 프로젝트였는데 완성하고서 무척 기뻤습니다.

네 번째, 유색효과와 컬러체인지

컬러체인지로 유명한 돌은 여러가지입니다. 보석 중에서는 알렉산드라이트Alexandrite가 가장 대표적인 컬러체인지 스톤으로 조명의 파장에 따라 색상이 다르게 보이는 보석이라고 할 수 있습니다. 또, 탄자나이트Tanzanite와 안달루사이트Andalusite는 광물의 결정구조로 인한 편광성에 의해 빛의 각도에 따라 컬러가 다양하게 관찰됩니다. 스피넬Spinel의 일부와, 사파이어Sapphire 중에도 컬러체인지 스톤이 있다고 합니다.

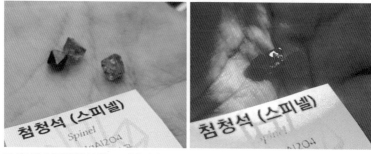

UV광선에서 형광빛을 보이는 스피넬 마이크로 표본. 보석 분야에서 루비는 형광 반응이 있는 것으로 감별을 특정하곤 하는데, 스피넬 역시 형광이 있는 경우가 있으므로 형광 유무만으로는 둘을 구분하기 어렵습니다. 루비(코런덤)은 사방정계, 스피넬은 등축정계로 결정형이 완전히 다르므로 표본 상태에서는 비교적 구분하기 쉽습니다.

태양광이 아닌 자외선 램프로 식별가능한 컬러체인지를 보이는 광물은 생각보다 흔합니다. 대표적인 귀보석인 루비Ruby의 형광 반응은 매우 유명하며, 다이아몬드의 경우 상업적인 가치가 있는 돌 중 20% 정도에서 형광 반응을 볼 수 있다고 합니다. 지표의 대부분을 차지하는 조암광물인 석영과 장석도 미약한 반응이 있으며, 국내에서 탐석으로 비교적 쉽게 찾을 수 있는 것으로 알려진 광물 중에 방해석

Calcite, 회중석Scheelite 등도 형광 반응을 볼 수 있습니다.

영국산 형석은 UV광선에 의해 확연한 색상의 변화가 관찰되는 것으로 유명합니다.

플로라이트Fluorite는 태양광 속의 자외선에 의해 색상의 변화를 보이는 경우가 흔하고, 영국 형석이 특히 선명한 컬러체인지로 유명합니다.

다섯 번째, 결정형태의 다양함

로도크로사이트, 잉카로즈라고도 합니다. 특유의 붉고 흰 줄무늬로 '베이컨 돌'이라는 별명도 있습니다. 아르헨티나산은 층상의 암석으로 발견되며, 꽃잎과 같은 렌즈 형태의 결정형이나 평행육

면체 형태로 발견되기도 합니다. 색상이 아름다우므로 준보석으로 인기입니다. 이렇게 한 가지의 광물의 다양한 형태를 모아 보는 것도 즐겁습니다. 국산의 멋진 표본을 동호회에서 본 적이 있는데 무척 탐이 났지만 가격이 어마무시해서 빠르게 포기했습니다. 개인적인 성격이, 딱히 이득이 없다면 남과 경쟁하는 것에 큰 흥미가 없고, 내 것이 아니다 싶을 때는 빨리 단념하기 때문에 스트레스를 받을 일이 별로 없었던 것 같아요. 취미 하면서 스트레스 받을 필요 없잖아요.

말라카이트, 우리말로는 공작석이라고 합니다. 준보석, 건축자재, 안료 등으로 다양하게 이용됩니다. 층상의 무늬가 아름답

습니다. 종유석이나 구상성, 또는 침상형의 결정으로도 산출되어 수집가들에게 인기입니다. 개인적으로 녹색과 푸른색을 좋아하기 때문에 자연스럽게 좋아하게 되었습니다. 어렸을 적, 공작석과 상아로 된 아름다운 체스 세트가 집에 있었는데 아버지가 그걸 애지중지하셨던 기억이 납니다. 어른이 된 이후에도 그걸 받아 오려고 호시탐탐 노렸는데, 오랫동안 거주하시던 주택이 헐리게 되어 아파트로 이사하신 뒤로 어딜 갔는지 모르겠습니다. 마음속의 추억으로만 간직하고 있습

니다.

여섯 번째, 다양한 내포물

투명한 결정의 내부에 이질적인 물질이나 암석, 분진, 다른 광물의 결정 등이 포획된 형태로 형성된 표본은 수집용으로 매우 인기 있습니다.

사실 제가 수집을 시작했을 무렵에는 수정을 수집할 생각은 딱히 없었어요. 왜냐하면 어째서인지 근거는 없지만 수정 같은 것은 노인들이 좋아하는 취향이라는 편견이 있었기 때문에, 이유 없이 내외하고 있었습니다. 그래서 수정이 눈에 들어와 끌리면서도 한동안 그 끌림에 저항했던 것 같습니다. '내가 노인 취향일 리가 없어!' 같은 쓸데없는 고집이었을지도. 아무튼 까닭 모를 내면의 갈등을 버티다가 결국 무너지게 된 게 이 아름다운 내포물 때문이었어요. 내포물을 모으자니 수정을 피할 수가 없더라고요. 나는 수정을 모으는 게 아니라 내포물을 모으는 거야.... 말도 안 되는

투명한 결정 속에 갇힌 자연의 풍경, Garden quartz.

정신 승리죠. 사람의 마음이란, 자기 자신이 정말로 원하는 게 무엇인지에 대한 이해가 부족한 경우가 많은 것 같고 저도 그런 사람이었던 것입니다. 그런데 자기 자신이 원하는 것에 대한 이해를 하기에 앞서 나 자신이 스스로에 대한 이해가 부족하다는 것부터 부정하고 있었기 때문에.... 아무튼 부정>격동>죄책감>분노>슬픔>수용의 6단계를 거친 뒤에 지금은 자신 있게 말합니다. 저 수정 좋아하네요.

그냥 처음부터 단순하게 좋아하는 것을 솔직히 좋아할 수 있다면 더 좋았을 거예요. 어렵게 멀리 돌아가지 말고요. 취미 생활이니까요. 남의 이목 신경 쓸 것도 없고, 남의 판단이나 평가, 경쟁 같은 것도 내가 의미를 두지 않으면 큰 의미가 없습니다. 누가 뭐라고 하면 뭐 어떻겠습니까? 내 마음이고 자유입니다.

내부에 식물 같은 형상의 내포물이 들어있다고 해서 Garden quartz, 정원 수정이라고 합니다.

내포물은 희고 붉은 꽃 같아 보이는 건 로돌라이트, 푸른색은 클로라이트 등으로 다양합니다. 큼직한 구슬 형태로 가공된 것도 인기입니다. 꽃이 핀 것은 소장하고 있는 사람에게 연애운을 높여 준다고 하네요. 아무튼 예쁩니다.

바늘이나 솜털 같은 내포물이 든 것도 멋있습니다. 루틸, 앰피볼 등의 내포물. 금빛의 루틸 내포물이 든 것은 금전운을 높여 준다고 해서 인기입니다. 구슬 팔찌로 엮은 형태가 대중적입니다.

토토로에 나오는 검은 먼지 괴물 같은 홀란다이트 내포물이 든 자수정 조각. 그냥 귀엽다는 이유로 덥석 구입해 보았습니다.

Quartz var. Ametrine, Bolivia

제가 좋아하는 푸른 내포물이 든 친구들을 나란히 모아 보았습니다. 좌로부터 첫 번째는 푸른 결정이 내포물로써 들어 있어 사파이어 쿼츠라고 불리지만 사실 내포물의 정체는 사파이어가 아니라 형석. 두 번째, 민트색 아조이트 쿼츠. 희귀석으로 취급되므로 가격대가 비싸서 들일 생각이 없었는데, 우연히 공동구매로 구하게 됐어요. 형광민트의 쨍한 색상이 무척 매력적입니다. 표본으로 조금 가지고 있다가, 보석 가공을 맡겨 볼까 고려도 하고 있어요. 매우 유니크한 천연 원석 액세서리 컬렉션이 될 것 같습니다. 세 번째는 눈꽃 같은 푸른 결정의 듀모티어라이트 쿼츠. 무척 예쁘기 때문에 준보석으로 인기입니다.

물수정입니다. 결정의 형성 과정에서 결정 내부에 액체와 기체가 포획된 것으로, 내부에서 움직임을 관찰할 수 있습니다. 마치 살아있는 것 같다는 인상을 주기도 해요. 예전에 언양

Enhydro moving bubble quartz. China.

광산에서도 물이 든 자수정이 많이 나왔는데, 당시 이것이 건강에 좋은 것으로 여겨져서 광부들이 이것을 깨뜨려 마시기도 했다고 합니다. 엔하이드로는 수정에서만 관찰되는 것은 아니고, 열수용액에서 형성되는 결정에는 모두 생길 가능성이 있습니다. 액체는 물이 아닌 석유인 경우도 있습니다.

황동석 내포물이 반짝이는 형석 결정. 중국 야오강시안산입니다. 타임 세일을 통해 운 좋게 기적의 가격으로 구입했기 때문에 너무나 자랑하고 싶어서 꺼내 보았습니다.

Fluorite includes Chalcopyrite, China.

이 결정의 모습을 살펴보면, 1차로 형석의 투명한 결정이 형성된 뒤에 어떠한 지각의 변화로 인해 황동석 결정이 자라게 되었고, 형석결정은 성장을 멈추지 않고 계속해서 자라나 황동석 내포물이 앉은 층을 완전히 포획하여 덮어 버린 형태입니다. 어떤 과정이었기에 다른 분진 같은 것이 없이 이렇게 깨끗하게 내포물이 일정한 층을 형성하게 된 것일까요? 물빛 투명한 보석 같은 형석 결정의 내부에 금속성의 반짝이는 알갱이들은 마치 새벽별이 뜬 하늘을 연상하게 합니다. 이것을 구한 뒤에 느꼈던 가심비(가격대 심리적 만족 비율)는 최고였던 것으로 기억합니다. 앞으로 갱신되기 어려운 큰 만족일 것 같아요.

오일쿼츠의 형광. 자연광에서는 잘 보이지 않지만, UV광선에 의해 형광으로 빛나는 오일 내포물을 발견할 수 있습니다.

칼륨 장석 위에 자란 맑은 검은 수정 내부에 알알이 붉은 가넷 결정이 포획되어 있는 근사한 표본입니다. 이것을 들인 뒤에 부러움을 많이 샀던 기억이 납니다. 경매를 통해 시가의 불과 20% 정도의 기적의 가격으로 들였습니다. 이베이 등에서 신규 셀러를 공략하면 좋은 결과를 얻을 수 있어요. 단, 신규 셀러는 입금만 받고 잠수를 타거

나 사진과 전혀 다른 물건을 보
낼 수도 있는데, 페이팔을 경유
해 지불했을 경우에는 페이팔이
중재하여 환불 처리를 해 준다
는 점 꼭 기억하세요. 또, 이베이
에는 가끔 중고 물품으로 표본
이 올라오기도 하는데, 자신이
무엇을 팔고 있는지 알지 못하
는 개인 판매자가 순수한 가격

Garnet var. spessartite, smoky quartz and
k-feldspar. from Tongbey, China.

에 올린 행운의 상품을 낚아챌 수 있는 경우도 있습니다. 생필품이 아
닌 단지 아름답기만 한 물건을 파격적인 할인 가격에 구입하는 가심
비도 수집 취미에서 빼놓을 수 없는 즐거움입니다.

말라카이트 결정을 포획한 칼사
이트 결정 클러스터입니다. 무척 멋
지지만, 사이즈를 확인하지 않고 구
입했다가 받아 본 뒤에 슬펐던 사연
의 주인공입니다. 희귀한 표본이기
때문에 옥션에서 경쟁이 붙어서 가

Calcite on Malachite, Namibia.

격이 꽤 올라갔는데, 낙찰받았을 때는 희열에 들떴었지만 막상 받아
보니까 엄지손톱만 하더라고요. 메인 결정이 엄지 손톱만 한 거였으
면 좋았겠지만, 전체가 엄지손톱 위에 올라갈 정도의, 말 그대로 썸네

일 표본. 하지만 이런 것은 다시 구하기도 어렵기 때문에, 소중히 간
직할 생각입니다.

모스아게이트. 자연풍경 같은
형상이 암석 내부에 자연적으로 형
성되어 신비합니다. 준보석으로 인
기입니다.

덴드리틱 쿼츠. Manganese
dendrite, 한국에서는 위화석, 모수
석이라고도 합니다. 이것을 화석이
라고 오해하기도 합니다. 사실은
망간 성분의 결정이 암석의 내부

또는 결정의 얼 틈에 식물의 가지 형상으로 형성된 것입니다.

일곱 번째, 광물 수석; 재미있는 형태의 광물들

일반적으로 '수석'이라고 하면 산수경석의 웅장함을 연상하게 됩
니다. 그런 편견에 대한 깜찍한 파격을 소개합니다. 개인적으로 마음
의 이끌림을 따라서 음식을 연상하게 하는 귀여운 소품 광물 수석을
모아 보았습니다.

브런치를 컨셉으로 정리해 보았습니다. 각각 베이컨, 계란후라이, 브로콜리, 김치, 청포도입니다.

또 다른 한 상은 치킨, 마카로니, 수박, 샐러드입니다.

충격적으로 예쁘고 귀엽습니다. 이런 미니어처 사이즈에 아기자기한 소품 표본은 일본에서 상당히 인기가 있는 종목입니다. 일본 현지에서는 판매자가 심미안을 가지고 디스플

Rodocrosite, Argentina. Sparical fluorite, India. Malachite, Congo. Vanadinite on Barite, Morocco. Prehnite & Epidote, Morocco.

치킨, 마카로니와 수박 샐러드, Calcite, China. Prehnite, India. Ruby in zoisite, Tanzania. Green apophyllite, India.

레이까지 완성시켰다면 작품으로 인정되어 가격대 역시 상당히 높게 형성됩니다. 수집가라면 어떻게 이런 것을 좋아하지 않을 수가 있을까요? 이런 보물을 발견하는 즐거움이라니.

큼직하게 썰어놓은 기름진 수육 한 점을 연상하게 하는 이 돌 조각은 육석, 고기 돌이라고 해서 중국에서 특히 인기입니다. 풍수지리

적으로 이것의 웅장한 조각품을 요리점에 두면 장사를 번창하게 한다나요? 특정한 성분이 아니라 천연의 무늬를 살려 조각된 형상을 감상하는 것이므로 그 성분은 아라고나이트일 때도 있고, 옥수나 비취 종류일 수도 있다고 합니다. 종류에 따라 가격은 천차만별입니다. 사진상의 한 조각은 어린이의 용돈으로 큰 부담 없이 구입할 수 있는 정도.

Prehnite & Epidote, Mali.

보기만 해도 상큼함이 톡 터질 것 같은 표본. 퍼스널 쇼핑 형식으로 단골 판매자가 권유해 주셨고 참을 수 없어서 구입해 보았습니다. 충동구매이지만 후회 없는 소비.

Scolecite & Stilbite, India.

바닐라 아이스크림을 스쿱으로 퍼 놓은 것 같은 귀염둥이. 사르르 녹을 것처럼 생겼지만 사실은 돌이라니. 온라인에 올라온 걸 발견하자마자 이건 내 것이라는 걸 알았고, 소리

를 지르면서 기뻐했던 기억이 납니다. 비딩에 성공했을 때의 성취감
은 말할 것도 없고요.

이것은 수집 취
미의 108번뇌를 형
상화한 작품... 네,
주접을 떨어 보았
습니다. 일부러 이
런 것을 구하려고

Mango quartz, Columbia. Stalactite quartz, sliced, from India.

구한 것은 아닌데, 카페 경매로 올라왔던 것을 운 좋게 낙찰받다 보니
우연히 이런 세트로 완성이 되었어요. 앞으로 비슷한 크기의 다른 숫
자도 모아 볼 생각입니다. 억지로 찾으려 하기보다는, 소원처럼 항상
마음에 품고 있으려고요. 흘러가다 인연이 닿는 그곳에 눈이 마주쳐
서 서로를 알아보는 운명적인 순간이 있을 것만 같아요. 별똥별이 떨
어지는 순간에 소원을 떠올리듯이, 그런 설렘으로 간직하려고 해요.

크기가 작으면서 자연물이나 다른 사물을 연상하게 하는 소품 광
물은 무척 귀엽습니다. 공간을 많이 차지하지도 않고, 돌봄이 필요하
거나 큰 부담이 되지도 않습니다. 지친 마음에 작은 위안이나 가벼운
기분전환은 충분히 됩니다. 미니어처나 프라모델, 식품 완구를 수집
하는 취미가 있다면 곁들여 볼 수 있는 즐거움일 것이라고 생각됩니
다. 그 밖에도 수집이라는 산책을 일생동안 진행하면서 우리가 만나

게 될 돌의 형상에서 꽃송이, 문자, 깃털, 온갖 동식물과 다양한 사물
을 발견할 수 있다면 사소하고도 큰 즐거움일 거예요.

고비사막에서 온 마노 조약돌. 노랑 병아리처럼
생긴 애들.

Quartz var. Grape agate, Indonesia.
Chalcopyrite var. Blister copper, China.

꽃송이 같은 돌 모음. 결정형 그 자체도 아름답지만,
가공된 단면의 매력도 그냥 지나칠 수 없습니다.

Quartz var. cactus amethyst from South
Africa. 꽃봉오리 같은 아름다운 결정의 군집.

4. 역사 속 돌 이야기

역사 속 돌 이야기 1.

망국에 이른 수석, 중국 북송의 휘종

북송의 제8대 황제인 휘종은 뛰어난 문인으로 시와 서예, 회화와 음악에 두루 조예가 깊은 예술가였습니다. 그러나 통치에 능한 군주는 아니었던 것 같습니다. 서화와 골동품, 미녀에 빠져 풍류천자라고 불렸다고 합니다.

Pectolite var. larimar, from Dominican Republic. 쏟아지는 폭포와 바다 물결이 연상되는 아름다운 단면.

즉위 초 도성 동북쪽의 지세를 높여야 한다는 한 도사의 조언을 받아들여 흙산을 쌓아 올린 뒤 잇달아 자식이 생기자, 이에 계속해서 흙산을 쌓는 공사를 하여 10여 리에 이르는 산줄기를 만들어 백성들을 노역으로 괴롭힌 것이 시작이었습니다. 이후 그는 풍류를 즐기고자 정원 조성을 하려고 수십만 명의 백성을 동원하여 거대한 기암괴석과 괴목을 대운하로 운반하였고, 자금을 만들기 위해 중세를 부과하는 등 탐관오리를 등용하여 폭정을 일삼았다고 합니다.

이렇게 취미로 국고를 탕진하였으므로 민란이 끊이지 않았고, 백성들을 군사력으로 진압하여 국력을 소진하였습니다. 끝내 그 아들 흠종이 '정강의 변'의 주인공이 되어 금나라에 항복합니다. 이로써 167년간 이어져오던 북송의 역사는 일단락되고 맙니다.

수석이 북송의 망국에 한 축을 차지했다고 해도 과언이 아닙니다. 이와 같이 역사적으로, 민생을 어지럽게 하는 폭군은 도사와 간신배를 가까이하고, 백성들의 세금을 무겁게 하고, 왕궁 건축과 같은 사치를 탐합니다. 그곳에 돌도 있었습니다. 그러나 돌은 돌일 뿐, 아무런 잘못이 없습니다. 사람을 괴롭게 하는 것은 돌이 아니라 사람입니다.

무엇이든 과하면 해롭습니다. 소시민의 수집벽이 나라를 망하게 하지는 않을지 몰라도, 나 자신과 주변 사람들을 힘들게 할 수 있을 것 같습니다. 훌륭한 일이나 아름다운 것에 몰두하는 것도 좋지만, 내 곁에 있는 사람들을 돌아보는 것이 개인적인 삶에서 가장 중요하지 않을까요? 생각해 볼 일입니다.

역사 속 돌 이야기 2.

암석 수집가 괴테와 괴테의 돌, 괴타이트Goethite

'젊은 베르테르의 슬픔'과 '파우스트'의 저자이며 문인이자 철학자로 더 잘 알려진 괴테는 과학자이자 정치인이기도 합니다. 그는 식물의 분류와 동물 해부학 등에도 관심이 있어, '식물변형론'이라는 식물학 서적 외에도 직접 그린 입체적 해부도를 수록한 동물학 저서를 14권 펴내기도 했습니다. 그는 카랑코에를 각별히 좋아하여, 친구에게 즐겨 선물하였다고 합니다. 그래서 카랑코에를 '괴테 식물Goethe plant'이라고 부르기도 합니다.

괴테는 광물, 지질학 연구에도 조예가 깊어 독일과 오스트리아, 프랑스 등 여러 나라에서 6,500여 점의 암석을 수집했으며, 이것들은 현재 프랑크푸르트의 괴테하우스와 괴테박물관 및 뉴욕의 괴테 소사이어티 등지에 나누어 소장되어 있다고 합니다. 이러한 폭넓은 인문, 과학적 지식이 토양이 되어 그는 세계의 대문호로 활동했으며, 바이마르 공화국의 국무장관으로 나라를 이끌기도 했습니다.

시와 과학을 접목한 그의 사상은 근세 서양철학과 예술의 자양분이 되었습니다. 헤겔의 변증법과 쇼펜하우어의 인식론, 인상주의 회화

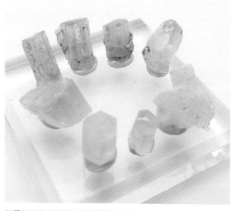

아쿠아마린의 작은 결정들을 색상별로 순차 배열해 보았습니다.

의 세잔과 모네, 클래식 음악의 거장인 모차르트, 베토벤과 슈베르트도 괴테의 영향을 받았습니다.

또, 20세기의 천재적인 전기공학자인 니콜라 테슬라가 자기장과 교류발전의 아이디어를 얻은 것은 괴테의 시에서 영감을 받았기 때문이라고 합니다. 공원을 산책하던 중에 파우스트의 한 구절인 '날개가 있어 밤을 따라갈 수 있다면'을 암송하다가 얻게 된 번뜩이는 착상이 20세기 인류 과학기술 진보의 단초 중 하나가 된 것입니다.

괴테는 "사람들은 과학이 시에서 태어났다는 것을 잊어버리고, 시대가 바뀌면 과학과 시가 더 높은 차원에서 친구로 만날 수 있다는 사실을 내다보지 못한다"며 안타까워했다고 합니다. 이와 같이 인문학과 기초과학은 과학기술의 뿌리입니다. 백년대계에도 뿌리가 중요할 것입니다. 한국의 입시 풍조를 지켜보며, 괴테 선생도 안타까워하지 않을까 하는 생각을 해 봅니다.

괴타이트Goethite, 침철석은 '리모나이트Limonite'; '갈철석'이라고도 합니다. 수산화 철을 함유한 바늘 형태의 결정형이 모여 괴상의 형상을 이루는 것이 특징입니다. 노랑 계열의 안료로 쓰이기도 했다고 하며, 철광석을 추출하는 원광으로도 쓰이며, 포말과 같은 형태의 구상형의 표면에서 무지갯빛이 나는 결정은 희귀하여 준보석으로 취급되기도 합니다.

그중에서도 이집트산 괴타이트는 수집용으로 인기가 있습니다. 이 표본의 특징은 외형은 황철석이나 마카사이트, 아라고나이트 등의 전혀 다른 광물의 형태를 하고 있지만 실제로는 갈철석이라는 것입니다. 특이하지요? 이와 같이 어떤 광물이 그 광물 고유의 결정형을 가지지 않고 다른 광물의 결정형을 가지는 광물학적인 변이를 광물의 가정Pseudomorph이라고 합니다.

Pseudomorph의 다양한 원인

1. 피복가정: 광물A의 결정형의 표면을 광물B가 얇게 덮어 A의 형태를 닮게 됨.

2. 변질가정: A가 외형은 변하지 않고 성분만 B로 변질 또는 치환됨.

3. 충전가정: A가 용해되어 없어진 공동에 B가 채워져 A의 형태를 이룸.

4. 동질가정: A의 화학적 성분이나 결정형태는 변하지 않고 결정구조만 변화하여 다른 광물이 됨. 동질이상가정Paramorph.

예를 들어, 화석의 경우에도 비슷한 변화 과정을 거쳐 형성됩니다. 패각이나 골격, 목질 등이 산화규소 등으로 치환되면 우리가 흔히 생각하는 화석이 됩니다. 쉽게 생각해서, 이것은 광물이 화석이 된 것

이집트산 괴타이트 표본. 마카사이트의 가정 결정입니다.

이라고도 볼 수 있을 것 같습니다. 돌이 돌로 변하다니, 재미있습니다. 이집트산 괴타이트는 이런 특징 때문에 변화의 돌, 예언의 돌이라고 하여 명상가들에게도 인기입니다. 이것을 좋아해서 가정변이가 일어나기 전 원래의 광물의 형태를 기준으로 괴타이트의 다양한 모양을 모으는 분도 있습니다.

괴테의 이름에서 유래한 괴타이트Goethite는 1806년 요한 게오르그 렌츠가 자신이 발견한 광물을 명명할 때 괴테를 기리기 위해 붙인 이름입니다. 새로이 발견한 자연물에 존경하는 인물이나 의미 있는 사람의 이름을 붙일 수 있는 것은 과학자의 특전이 아닌가 생각합니다.

역사 속 돌 이야기 3.
'유화철', 정체가 무엇일까?

신은 만물을 창조했고, 인간은 만물에 이름을 붙입니다. 그런데 여기 아직 이름이 없을지도 모르는 광물에 대한 이야기가 있습니다.

불국사 화강암대에서는 이런 광물이 자주 발견됩니다. 자수정이 나오는 정동 바닥에서 발견되는 경우가 많다고 하는데, 광산에서는 이것을 '유화철'이라고 불렀다고

반듯반듯하고 멋진 사각형의 결정.

합니다. '유화철'이라는 명칭은 백과사전에는 검색되지 않습니다. 이것은 결정형이 황철석과 비슷하지만, 빛깔이 다르고 무게는 상대적으로 조금 가볍습니다. 검은 빛깔 때문에 이것을 리모나이트라고 생각하는 사람도 있습니다. 하지만 리모나이트와 성분이 조금 다릅니다.

역사적으로, 일제강점기부터 해방 이후까지 자주독립운동을 하던 빨치산이 언양 인근 지역에서 머물며 이 광석을 캐어 철을 제련하여 무기를 만들었는데, 제련하는 과정에서 황과 비소 가스가 나와 중독으로 고생하였다는 기록이 있습니다. 국일광산 관계자분께 여쭤보니, 당시 이것을 가공해 보려고 시도했는데 그 과정에서 특유의 부추 같은 냄새가 나는 비소 가스가 나왔다고 합니다. 비소가 들어 있는 철 화합물으로는 황비철석이 있는데, 이것과도 특징이 다릅니다.

모든 화강암은 저선량의 방사선을 띱니다. 한국의 경우 제주도의 현무암지대를 제외하면 국토면적의 80%이상에 화강암이 분포되어 있고, 지하에 삼중수소가 매장되어 있는 지질학적 특징으로 인해 자연방사선 연간 피폭량이 3.08mSv로, 세계 평균인 2.4mSv에 비해 다소 높다는 조사결과가 있습니다. 그러나 다행히도 이 수치는 미미하여 건강에 유의미한 영향을 주는 정도는 아니라고 합니다.*

정동에서 채굴한 광물은 암석에 포함된 기체성 방사능 물질인 라돈으로 인해 방사선이 강하게 검출됩니다. 그러나, 수정의 경우에 묻어 있는 진흙을 물에 씻고 공기가 잘 통하는 곳에 두면 방사능 수치가 줄어들어 검출되지 않습니다. 그런데 이 '유화철'의 경우 방사능 측정

* 국토교통부 블로그 참고

기계를 가지고 있는 분이 측정해 보았는데, 물에 씻고 환기시켜도 방사선 수치가 줄어들지 않았다고 합니다. 이것은 방사능이 함유된 물질인 것일까요?

이것은 한반도에서만 발견되는 것은 아닙니다. 가까운 일본 땅에서도 취미로 탐사하는 분이 트위터에 이것과 동일한 것으로 보이는 광물을 발견해 올린 것을 본 적이 있습니다. 그런데 일본에서도 황철과 비슷한 광물이라고 추측할 뿐, 의외로 정확히 이것의 이름이 무엇인지는 모르는 눈치였습니다.

이것을 쪼개어 보면, 내부는 황철석이고 표면에 가까워질수록 갈철석과 비슷한 색상이 보입니다. 이것은 황철석이 다른 물질로 변성, 치환되어 형성된 물질일까요? 그런데 언양지역의 황철석은 결정형이 드물게 발견되지만 발견된 경우 면이 6각형으로 발견되는 반면 이것은 면의 형태가 사각형입니다.

황철석의 결정은 정육면체인 경우가 많은데 언양지역에서 발견되

왼쪽은 멕시코, 오른쪽은 페루산의 황철석입니다. Fool's gold라는 별명답게 반짝이는 금빛의 사방정계 결정이 특징.

는 황철석은 대부분 결정형이 풍화되어 온전한 형태의 결정을 찾기 어렵습니다. 이것은 우연히 직접 채집한 표본입니다. 풍화가 진행되어 있지만 특유의 결정형을 관찰할 수 있습니다. 이 지역

에서 황철석의 결정을 취득한 다른 분들을 탐문해 보았는데 마찬가지로 이와 같이 12면체 형태로 발견됩니다.

추측해 보면 이것이 채산성이 있는 광물이라면 일제시대에 이미 개발이 되었을 것인데, 당시로서는 그렇지 않았던 모양입니다. 지금의 기술력으로는 어떨까요? 학술적으로 정확한 이름이 아직 붙여지지 않았다면 안타까운 일입니다. 대학 연구실에서 정확하게 분석하여 쓸모를 밝히고, 의미 있는 이름으로 명명할 수 있다면 좋을 것 같습니다.

사각형의 플로라이트 결정 앞에 나비처럼 앉은 금속 결정이 황비철석입니다. 색상은 어두운 금속성의 회색.

5. 수집가와의 인터뷰
- 동호인들의 이야기

이번 장은 가까이 지내던 동호인과 관련 업체를 운영하시는 몇몇 분들께 허락을 구해 온라인상으로 주고받은 편지와 게시글 등을 갈 무리해서 정리해 보았습니다. 국내의 취미 문화 전반이 어떻게 돌아 가고 있는지, 또 취미인들이 어떤 활동을 하고 계신지에 대해 살펴보 고자 합니다.

어느 과학교사의 꿈, 찾아가는 박물관

움산 최인호 선생님

T. 안녕하세요, 움산 최인호 선생님? 교직에 계시면서 특별한 프로 그램을 기획, 운영하고 계시는데요, 프로그램 이름이 '찾아가는 박물 관'이라니 흥미롭습니다. 어떤 프로그램인지 그 내용이 궁금합니다.

A. "찾아가는 박물관". 조금은 어색한 단어입니다. 과천과학관, 서

대문자연사박물관 등 박물관은 늘 그 자리에 있고, 우리가 움직여서 가는 곳이었으니까요. 지난 10년간 교사로 학생들을 가르치며 교과서에 나오는 화석과 광물을 직접 보여 줄 때 반짝이던 제자들의 눈이 잊히지 않아 만든 프로그램이 찾아가는 박물관입니다. 소장하고 있는 화석과 광물 및 운석을 직접 강의 장소로 가져가서 눈으로는 관찰하고, 손으로 만져 보며 관련 내용을 탐구하는 프로그램입니다.

찾아가는 박물관 프로그램 중 간단한 두 가지를 소개합니다.

돌하르방 하면 떠오르는 암석인 현무암은 구멍이 있는 것보다 없는 것이 더 많다는 것을 알고 계시나요? 마그마가 땅속에 있다가 화산 분출로 용암이 외부로 나오면 마그마 속의 화산가스가 용암의 윗부분에 모이게 됩니다. 차가운 공기를 만나 빠르게 용암이 식으면 위쪽에는 화산가스가 빠져나가지 못해 구멍이 있는 현무암이 생성됩니다. 하지만 아래쪽으로 내려가면 화산가스가 이미 위쪽으로 이동하여 구멍이 없는 현무암이 존재합니다. 땅속이 아닌 땅 위에서 주로 생활하기에 우리가 보는 현무암은 주로 구멍이 많이 있습니다.

삼엽충이란 화석을 박물관이나 과학관에서 보았을 것입니다. 우리가 죽으면 어떤 부분이 화석으로 남을까요? 아마 머리뼈, 손톱, 이빨같이 단단한 부분이 화석으로 보존될 것입니다. 하지만 삼엽충은 우리와 달리 눈이 화석으로

현무암 표본.

남아 있습니다. 삼엽충의 눈은 우리의 눈과 달리 단단한 광물인 방해석으로 구성되어 썩지 않고 길게는 5억년 이상 화석으로 보존되어 있는 것입니다.

앞에서 언급한 현무암과 삼엽충처럼 익숙하게 들었던 화석이나 암석에는 일반적으로 잘 알지 못했던 각자만의 이야기가 있습니다. 그래서 암석과 화석을 보고 만지면서 하나하나에 숨겨진 이야기를 배우는 프로그램을 개발하였습니다. 제가 근무하는 학교의 학생들뿐만 아니라 다양한 학생들이 현무암과 삼엽충 이외에도 자황수정이나 펠러사이트같이 생소한 표본들도 직접 관찰하고 경험할 수 있도록 주말 등의 시간을 이용해 학생들을 만나서 자연에 숨겨진 이야기를 전달하고 있습니다.

T. 무척 뜻깊은 활동을 하고 계신 것 같습니다. 어떤 계기로 이런 기획을 구상하시게 되었는지 여쭙고 싶습니다.

A. 지금도 유치원에 가면 트리케라톱스, 티라노사우르스를 시작으로 에난티오르니테스 등 조금은 생소한 공룡의 이름까지 외우는 어린이들이 있습니다. 저도 어릴 적에 공룡에 관심이 많았던 어린이였고, 그중 트리케라톱스의 매력에 빠져 공룡학자를 꿈꾸게 되었습니다. 공룡학자가 아닌 과학교사의 길을 걷고 있지만 어릴 때 꿈을 잊지 않고 지금도

아사퍼스 삼엽충. 러시아산.

화석과 암석 및 광물을 공부하고 있고, 국내외의 다양한 지질 명소를 찾아다니며 답사를 하고 있습니다.

특히 개인적으로 떠났던 해외 지질답사에서 문화적인 충격을 받고 한국에 돌아와서, 뭔가 해야겠다는 마음이 들어 이러한 프로그램을 기획하게 되었습니다.

그곳은 캐나다의 버제스 셰일(Burgess Shale)이 발견되는 필드산(Mt. Field)과 미국의 아치스 국립공원(Arches National Park)의 모아브 단층(Moab Fault)이었습니다. 고생물학 교과서에서 꼭 언급되는 캄브리아기 대폭발의 증거로 제시된 화석이 발견되는 버제스 셰일입니다. 제가 답사를 갔을 때도 아침 7시에 시작해서 장장 13시간이 지난 뒤에 일정이 끝났던 장소로, 100년이 지난 지금도 그 모습이 그대로 유지되고 있습니다. "환경은 미래 세대에게 빌려서 잠시 사용하는 것이다"라는 말을 실천해 주어 박물관에서 볼 수 있는 고급 화석을 매우 쉽게 발견할 수 있었습니다. 과거에 발견한 사람이 가져가지 않고 관찰한

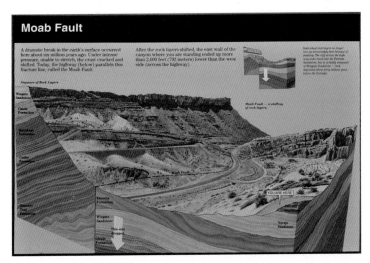

Arches national park의 표지판.

뒤 다시 원래 자리에 내려 두고 가는 규칙이 지켜지기 때문에, 누구라
도 손쉽게 화석을 발견하고 관찰할 수 있는 곳입니다.

그 모아브 단층의 안내판 앞에서 유치원생 정도 되는 아들에게 표
지판을 설명하는 아버지의 모습을 보았습니다. 열심히 설명해 주는
아버지의 이야기가 끝난 뒤 그분의 직업이 궁금해서 질문을 했고 은
행에 다니고 있다고 답을 들었습니다. 지질학자도 아닌데 어떻게 이
런 것을 설명해 주느냐고 물으니, 우리가 살고 있는 나라의 역사도,
땅도 학교에서 배우겠지만 그 시작은 부모가 가르쳐 주는 것이 당연
한 것이 아니냐는 답변이 아직도 기억에 남습니다.

T. 기초과학 분야에 대해 잘 알고 있는 부모님이었던 것 같습니다.
정말 멋진 장면이네요.

A. 현재 우리나라에서는 아파트 공사장에서 공룡 알 둥지가 나왔
는데 화석을 신고하면 공사가 지연될 수 있기에 그것을 파괴하고 묻
어 버리기도 합니다. 또, 세계에서 가장 잘 보전된 두 발로 걷는 악어

발자국 화석 산지를 보존하지 않고 단순히 화석 자체만 옮기는 것으로 결정하였습니다. 안타까운 일입니다. 캐나다처럼 100년이 지나도 중요한 자연이 파괴되지 않고 보존 자연을 바라보는 시야를 키워 주고자 찾아가는 박물관을 운영하고 있습니다.

T. 나라의 자연을 보전하고 기초과학을 튼튼하게 하여 후손에게 물려줄 수 있다면 좋을 텐데요, 이러한 소망을 담아 개인적으로 애쓰고 계신 선생님의 열정을 존경하오며, 지지와 성원의 박수를 보냅니다.

수석부터 광물까지
자하 선생님

T. 안녕하세요? 선생님께서는 오랫동안 국산 광물을 수집해 오고 계신 것으로 유명하신데요, 제가 언뜻 듣기로는 국내 수석 2세대에서 손꼽히는 방대한 수집을 해 오셨다고 하는 말씀을 들었어요. 상당한 기간이었을 것 같습니다. 오랫동안 수집을 해 오시면서 어떠한 철학을 가지고 계신지 여쭙고 싶습니다.

A. 수집 철학? 사실 고차원적인 철학 같은 것은 없어요. 꽃을 보면 아름다움과 향기에 감탄하고, 푸른 하늘을 보면 뻥 뚫린 듯 시원함을 느낍니다. 바람, 새소리, 하얀 눈, 파도, 비 오는 소리... 보고 듣고 느끼는 대로. 그때 그 감정이 '힐링'입니다.

마찬가지로 수석이나 수정을 접했을 때 내면에서 자연스럽게 어떤 감정이 느껴진다면 내게 어울리는 좋은 돌이고, 좋은 돌을 보면 나도 좋아진답니다. 돌만 자연스러운 것이 아니라, 자연스럽게 보고 느끼고 사랑하고 있는 그대로 즐기길 좋아하는 나 자신의 성격 역시 자연 그대로입니다.

T. 힐링이군요. 저도 그렇습니다. 예쁜 돌을 보면 마음이 막 좋아요. 위로받는 느낌이 들 때도 있고요.... 다양한 종류의 돌을 좋아하시면서도 국산, 충주 수정을 특히 예뻐라 하시는 것으로 알고 있는데, 남다른 매력을 느끼게 되신 특별한 계기나 사연이 있으신지 궁금합니다.

A. 저는 수석을 접한 게 1998년경으로 약 25년 차 정도 됩니다. 우연히 수석 가게를 방문하였다가 처음으로 접하게 되었고, 금세 자연의 섭리와 아름다움에 빠져들었지요. 수석은 자연이 만든 예술품이라고 할까요? 그 하나하나 같은 것이 없고 제각각 개성이 넘칩니다. 호피석의 강한 질감과 부드러움, 미석의 색색의 다양함과 화려함. 오석의 깊고 진한 맛... 실로 오묘하고도 아름다워서 깊이를 알 수 없는 매력을 느꼈습니다.

그러던 중 수정과 광물을 좋아하게 된 것은 약 10

사이즈가 좋은 언양자수정

년 정도로, 처음에는 언양자수정을 우연히 본 것이 시작입니다. 상당히 고가의 언양자수정을 지인이 보여 주었어요. 이후로 그 자색의 빛과 아름다움에 빠지게 되었습니다. 저의 호인 자하는 자색의 노을이라는 뜻인데, 그렇게 뜻이 통해서 인연이 되지 않았나 생각해 봅니다.

국산을 특별히 좋아하는 이유는, 저 자신이 자연스러움을 좋아하는 탓입니다. 외국산 수정, 광물은 예쁘고 화려하기는 하나, 폴리싱 polishing 등의 인공적인 처리가 되어 있는 경우에 특히 그 감상의 여운이 오래가지 못하고, 천연 그대로의 충주 수정은 투박하나 그 감성과 미적인 추구가 오래도록 마음에 남습니다.

언젠가 원주에 한 달간 교육을 간 적이 있었습니다. 때는 7~8월 여름으로 아주 무더웠지요. 거의 매일 교육이 끝나자마자 충주로 약 1시간가량 차를 몰고 가서 충주의 모든 수석 가게를 탐방하곤 했어요. 그때 운 좋게도 언양자수정 2점과 남산연수정 1점을 구했습니다. 얼마나 기뻤던지 몇 년이 지난 지금도 기억이 생생합니다. 그 무렵 충주 수정을 많이 보았고, 그 이후로도 충주수정을 많이 샀어요.

충주는 남한강 유역을 중심으로 한 수석의 중심지이고, 수석 가게, 골동품 가게, 광물 가게 등 구경할 곳이 많습니다. 근래는 경기 침체로 인하여 조금 잠잠해졌지만 아직도 국내에서는 수석의 메카라고 불릴 만하다고 봅니다. 수석인이라면 남한강석과 충주를 모르는 사람은 없지요.

T. 90년대 후반부터 수집을 해 오셨는데 당시의 환경이나 분위기

가 궁금합니다. 요즘 같은 경우에는 주로 인터넷을 경유해서 취미 활동을 하게 됩니다. 이러한 취미가 있다는 것을 접하는 것도 보통은 인터넷을 통해서고, 동호 활동이나 소장품을 전시하고, 구매하는 것도 모두 인터넷을 경유하지 않으면 어렵습니다.

선생님께서 수집을 시작하신 90년대 후반은 PC통신에서 인터넷으로 넘어가는 과도기에 해당됩니다. 인터넷으로 소장품을 공유하시게 된 시기가 언제쯤인지도 궁금합니다. 그게 아마 세대가 바뀌는 지점일 것 같습니다.

A. 수집 취미를 가진 분들이 주변에 많은데, 그 종류가 매우 다양합니다. 그림, 도자기, 민속품, 카메라, 엘피, 동전, 술... 기타 등등. 오랫동안 지켜봐 온 수석 수집 취미의 시대적인 흐름은 대략 10년 단위로 나누어 볼 수 있을 것 같습니다.

1990년대(당시 20대)에는 인터넷이나 PC가 보급되기 이전으로, 수석 가게를 직접 방문하거나, 수석인 지인의 집을 탐방하거나, 경매장을 찾는 등 직접 찾아가서 작품을 감상하고 지식을 넓혀 왔습니다. 저의 경우에는 아현역에 있는 '가람수석'이 단골입니다. 지금까지도 오랜 지인으로 지내고 있습니다. 또, 수석 동호회에서 알게 된 분들과 교류하고 있습니다. 그 당시에는 '한국수석회', '대한수석회' 등 조직이 잘 체계화되어 있고, 매년 전시회를 개최하여 동호인 간에 서로 교류하였습니다. 저도 때로는 서울전시회, 전국전시회, 여울목전시회 등에 출품을 하기도 했답니다.

2000년대(30대)에 들어 초고속 인터넷이 보급되면서 오프라인으로 교류가 확대되었지만 인터넷의 보급률이 아직 미진한 시절이라 그 효과가 미미하고, 70~80년대부터 모임을 주도하던 1세대 수석인들이 고령이라 컴퓨터 사용에 익숙하지 않으므로 여전히 온라인보다는 오프라인으로 교류가 지속되었습니다. 그러던 중 1세대 수석인들은 나이가 들어 별세하거나 노환으로 활동을 못 하는 경우가 많아졌고, 저를 포함한 2세대의 입장에서는 환경보호 캠페인 등의 영향으로 탐석이 제한되는 등 수집 환경의 변화로 인해 수석의 붐이 많이 사그라들었던 시기라 볼 수 있습니다. 이 무렵 저도 수석 취미 활동에 잠시 소홀하게 되었습니다.

2010년대(40대) 들어 인터넷과 스마트기기의 보급률이 높아지면서 온라인으로 검색을 하고 교류를 하기 시작하게 되었습니다. 이후 2017년쯤 수석 밴드가 활성화되었습니다. 저는 현재 30여 개의 네이버 밴드 수석 관련 모임에 가입되어 있고, '수석세계' 공동 운영자이기도 합니다.

그리고 2010년대 중반을 전후해서 네이버카페에도 '무찰수석', '광물스케치' 등의 모임이 많이 생겨났습니다. 제가 수정을 좋아하게 된 시점도 그즈음으로, 미친 듯이 수정을

소장 중이신 국산 광물 일부.

구하러 여기저기 다녔던 추억이 있습니다. 이 시기에 어머니가 돌아가시고, 수정을 수집하면서 그 슬픔을 많이 잊었던 것으로 기억합니다. 이 무렵부터 제가 가장 가깝게 교류한 사람은 서울 풍물시장 내 '화석사랑' 수정샵입니다.

T. 제가 한 가지 안타깝게 느끼는 것은, 2000년대 전후에 태어난 인터넷 세대와 그 이전 세대 사이에 연결점이 부족하다는 것입니다. 과거와 현재의 문화가 연속된다면 전체는 얼마나 풍요해질까요? 우리 모두에게 힘이 될 수도 있지 않을까 생각합니다. 예전에는 이러한 취미에 어떤 의미를 부여했는지 어떤 식으로 동호 활동이 운영되었는지도 궁금합니다. 지금 세대에서 물려받으면 좋은 면이 있다면, 배우고 싶은 마음도 듭니다.

A. 2020년대는 AI시대인 만큼 인터넷, 유튜브와 스마트폰으로 모든 것이 이루어지고 있다고 해도 과언이 아닙니다. 그럼에도 수석인들은 꾸준히 전시회를 개최하고 있습니다. 아쉬운 점은 개인적인 취미 활동이다 보니 다음 세대로의 계승이 미약합니다. 1세대가 2세대로 이어졌듯이 3세대로 이어지는 문화적인 흐름이 필요한 시점입니다. 모임의 활성화를 위해 조직화, 체계화되어야 할 부분이 있을 것입니다. 이 부분은 앞으로 고민하고 풀어 가야 할 문제라고 생각합니다.

T. 짧은 소견입니다만, 한 말씀 덧붙이겠습니다. 실물세계에서 가상세계로의 시대적인 이행은 세계를 글로벌로 결합하는 면도 있지만,

세대와 세대를 분절하는 장벽이 되기도 합니다. 관건은 플랫폼이라고 생각합니다. 유동 인구가 많은 길목이 장사에 유리하듯이, 다양한 계층의 사람이 많이 다니는 플랫폼에 주제가 노출될 필요가 있습니다. PC통신 세대의 온라인 네트워크는 특정 계층 가입자만의 전유물이었고, 카페나 밴드와 같은 형식의 플랫폼은 주제별로 사람을 모으기 좋았지만 그 이상 정보의 확산은 어렵습니다. 현재의 대세는 타임라인을 통한 확산입니다. 인스타그램이나 유튜브, 틱톡 같은. 이후에는 또 어떤 새로운 블루오션이 등장할 수도 있겠지만, 현재로서는 유력한 플랫폼의 타임라인상에 현재 이것이 트랜드이며 '힙'한 주제라는 것을 미디어를 통해 보여 줄 수 있다면 가장 확산력이 좋습니다. 그리고 '어떻게 즐기는지'를 보여 주면 됩니다. 유튜브 채널에서 '박막례 할머니'의 성공은 미디어 산업의 주체가 되는 것에 나이가 중요하지 않다는 것을 시사했고, 중국의 유명 틱톡 채널은 말 한 마디 없이 동양적인 음악과 풍경, 아름다운 여인의 자태만을 반복적으로 꾸준히 보여 주는데도 인기가 많습니다. 사람들이 원하는 것은 무엇일까요? 시대가 필요로 하는 문화라면 필연적으로 주목받을 것이라고 믿습니다.

아울러, 지금 시작하려는 후배들에게 해 주실 만한 조언이 있다면 한 말씀 부탁드리고 싶습니다.

A. 취미 생활은 생활에 활력을 줍니다. 그러나 취미를 넘는 욕심은 버려야 합니다. 욕심이 과하면 부족함만 못할 수 있거든요. 그리고 하나를 소장하더라도 소장 가치가 충분한 것을 선택하시기 바랍니다. 충분히 즐기고 난 후 나눔을 하더라도 그 가치를 인정받습니다. 같은

취미를 가진 사람들과 많이 교류하시고, 되도록이면 사진이나 영상으로 보시는 것보다는 어렵더라도 실물을 직접 보는 것이 좋습니다. 시간을 투자한 만큼 얻는 것이 많을 것입니다.

T. 귀한 말씀 나눠 주셔서 감사합니다. 기회가 된다면 한번 찾아뵙고, 선생님의 귀한 소장품들을 구경하는 기회를 갖고 싶습니다.

나의 꿈, 작은 박물관
청까치 선생님

T. 안녕하세요? 광물 카페에서 활동하시면서 많은 조언을 주고 계신 선생님께 한 말씀 여쭙게 되어 영광입니다. 광물을 수집하게 되신 계기와 기간, 간단한 자기소개부터 좀 부탁드리고 싶습니다.

A. 저는 올해 정년퇴직을 한 강연식이라고 합니다. 외국계 회사에서 엔지니어로 25년을 근무했습니다. 뒤돌아보니 아쉬움도 크지만 진짜 세월이 유수와 같습니다.

저는 원래 화폐와 주화를 수집하는 사람입니다. 고대의 금화, 은화, 일반적인 현대 주화와 더불어 화폐 역시 옛날 것과 현대의 것을 모두 아울러 수집합니다. 그러던 중 약 12년 전에 우연히 광물을 접하게 되었고, 후에 광물스케치 카페를 통하여 본격적으로 수정에 관심을 갖고 수집을 하게 되었네요. 특히 개인적으로 좋아하는 광물은 칼사이트와 오팔, 그리고 수정입니다. 아직 입문한 지가 얼마 되지 않아서 소장품이 많은 편은 아니지만, 꾸준히 조금씩 수집하고 있답니다.

청까치가 화폐, 주화, 광물을 수집하는 이유는 단 하나입니다. 이루어질지 어떨지는 잘 몰라도, 소장품을 가지고 조그만 개인 박물관을 오픈하는 것이 소망입니다. 고대부터 근대까지의 화폐의 역사와 아름다운 광물들을 애기들에게 보여 주는 것이 저의 꿈이랍니다.

T. 아름다운 꿈을 이루시기를 기원합니다.

인터넷 세대의 시작과 함께 수정 수집을 시작하셨던 것 같습니다. 오랫동안 수집을 이어 오면서 어떠한 철학을 가지고 계신지도 여쭙고 싶습니다. 또, 지금 시작하는 초보 수집가들에게 해 주실 조언도 좀 부탁드립니다. 요즘의 수집 취미는 SNS를 기반으로 하므로 수집 그 자체보다는 SNS가 목적이 되는 경우가 많습니다. 다른 SNS활동과 마찬가지로, 순간적으로 온라인상의 불특정 다수에 대한 과시나 경쟁에 빠지게 되기도 쉽습니다. 어른이시면서 동시에 같은 세대를 공유하고 계시는 입장에서 한 말씀 부탁드립니다.

A. 요즘 아이들은 우리 세대보다 배우는 것이 참 빠릅니다. 인터넷을 활용해서 정보를 수집하는데, 옛날에 10년쯤 발품을 팔고 물어 물어 공부해야 알게 되었을 방대한 지식을, 요즘은 단 몇 개월이나 몇 주 만에 인터넷을 통해 습득하기도 합니다. 개인차가 있기는 하지만, 그런 면은 우리 세대보다 나은 점입니다. 그래서 지금 시점에서 보면 입문한 기간과 지식의 수준은 반드시 비례하지는 않는 것 같습니다. 그러니 내가 나이가 조금 들었다고 해서 섣불리 조언하기가 어렵습

니다.

특별히 한 가지 당부하고 싶은 말씀은, 처음부터 무리하지는 말았으면 좋겠습니다. 이 이야기는 비단 광물 시장에만 적용되는 것은 아닙니다. 모든 수집 취미가 마찬가지입니다. 특히 처음부터 상업적인 이윤이나 차익을 남기는 것을 목표로 수집하는 것은 성공하기가 어려운 것 같습니다. 처음에는 자기만족의 수집과 절제된 취미 활동으로 시작해야 합니다. 취미와 수집은 우선 그 자체로 소소하게 만족하는 것이 가장 중요합니다. 다른 욕심에 눈이 멀기 시작하면 오래가지 못합니다. 지갑이 거덜 나는 건 순식간이고, 그로 인해 어려움을 겪을 수도 있어요. 개인적으로 이런 상황들을 지켜보자면 안타까운 마음이 큽니다. 작고 소소하게 시작해서 충분히 즐긴 뒤에, 나름대로 어느 정도의 지식과 연륜이 쌓였을 때, 신중하게 장사를 시작해도 늦지 않습니다.

T. 현대인이 하루 동안 습득하는 정보의 양이 200년 전 인류가 1년 동안 접하게 된 정보의 양과 맞먹는다는 이야기를 들은 적이 있는데, 정말 그런 것 같습니다.

수정산을 소유하신 것으로 알고 있는데 어떤 계기였는지, 소문으로는 '수정이 나온다고 해서 매입하셨다!'는 일설이 있는데 정말인지 그 사연도 궁금합니다. 또, 수정산에서 카페 정모를 하실 적에 산에서 수정 채취 체험 활동을 하셨던 것으로 아는데, 어떤 마음으로 그렇게 사유지를 열어 주셨던 것인지도 전해 듣고 싶습니다.

A. 네, 충남 공주시에 수정이 산출되는 저의 개인적인 산을 가지고 있어요. 면적은 대략 13,000평 정도로, 국민학교 때 돌아가신 어머님이 물려주신 유산입니다. 매매나 매입 이야기는 친한 카페 회원들과 그저 우스갯소리로 오고 간 이야기입니다.

이후 광물스케치 회원님들을 초대해서 정모를 열기도 했어요. 정모를 하게 된 이유는, 광물에 대해서 소통하다 보니까 여러분이 수정을 직접 채취하고 싶다는 열망을 많이들 가지고 계시더군요. 저는 어릴 적이나 광물에 대한 관심이 없을 때는 그냥 돌이라고 생각해서 수정을 채취하지는 않았습니다. 그래서 정모를 하면서 같이 수정을 채취하는 경험을 하게 된 것입니다.

그리고 시골에서 농사 경험을 하고 싶은 분들도 의외로 많고 해서, 일일 체험으로 회원과 그 가족들을 초대하게 된 것이 이후 연례행사처럼 여러 번이 되었습니다. 수정 캐기는 물론이고 밤 줍기, 고구마 캐기, 고추 순 따기 등등. 수확한 것은 각자 조금씩 가지고 돌아가기도 했지요. 생각해 보니 무척 아련하고 그리운 추억이 되었습니다. 특히 짚불로 삼겹살 구워 먹을 때! 캬~

솔직히 회원님들께 공개한 장소와 면적은 극히 일부인데, 비밀 아닌 비밀이랍니다. 지금은 일반인의 산행 및 출입을 금지시켰어요.

T. 귀한 말씀 나눠 주셔서 감사합니다. 기회가 닿는다면 저도 선생님의 산에서 함께 추억을 만들고 싶습니다.

충주 광물 탐사 후기

정초롱 선생님

안녕하세요, 여러분! 제가 드디어 제 꿈이던 탐석을 다녀와서 후기를 쓰네요. 도움을 받은 글은 '애완돌 키우는 T.' 님이 브런치 앱에 쓰신 '탐석 초보자를 위한 가이드'입니다.

제가 가져간 준비물은 여분 양말, 망치, 안 쓰는 에코백, 모종삽, 코팅된 장갑, 브러시입니다.

이 중에서 여분 양말, 브러시, 모종삽, 장갑은 정말정말 도움이 많이 되었어요. 망치는 쓸 일이 없었습니다. 그리고 에코백은 흙이 너무 묻어서 결국 버렸습니다. 양말은 제가 무릎까지 오는 니삭스를 신고가서 탐석이 끝난 후 일반 양말로 갈아 신었습니다.

아침부터 우여곡절이 있었어요. 원래는 9시 반에 출발 예정이었는데, 하필이면 차가 출발할 때 배터리가 방전되어서 11시쯤 출발했습니다. 폐광 근처에 폐석 더미가 있다는 위치를 먼저 인터넷으로 검색해 본 후, 내비게이션을 따라서 찾아갔고요.

가 보니까 민가 근처에서 땅을 파는 행동은 절대 하면 안 되겠어요. 주민분들께서 저를 보실 때마다 좀 안 좋아하는 눈치였습니다. 소문대로 민가나 울타리 쪽에서 땅을 판 사람들에게 많이 시달리신 듯합니다.

폐석 더미가 생각보다 경사가 있고, 당연하지만 길이 나 있지는 않았습니다. 사람이 밟고 지나가서 풀이 나지 않은 곳들이 두 군데 보여서 그곳으로 지나갔는데, 도시 인간은 인공적이지 않은 자연의 거친 땅을 지나가야 해서 좀 심장이 쫄렸습니다. 부모님께서 걱정된다고 같이 오셨는데, 제가 산으로 올라가자마자 차에 계신 아버지께서 10분에 한 번쯤 전화하셔서 '걱정된다, 안전하냐, 집에 빨리 가자…' 재촉을 하셨어요. 딸래미 걸음마 할 줄 안다…. 나 성인이야!

일단 몰리브덴 + 석영은 정말 많이 주워 왔습니다. 공작석으로 추측되는 조그마한 초록색이 붙어 있는 돌멩쓰, 설탕 뿌린 케이크 같아서 귀여운 백수정 클러스터, 그리고 작고 투명한 수정들… 뭘 많이 주워 오긴 했는데 마음이 급해서 아무거나 막 담아 왔네요. 폐석에는 수정보단 몰리브덴 + 석영인 것들이 많았고 형태가 온전하거나 큰 수정 결정 같은 건 별로 안 보였습니다.

2시쯤 겨우 도착해서 3시 반쯤까지 미친 듯이 돌을 찾아 헤맸습니다. 좀 더 탐사하고 싶었지만 시간이 너무 부족해 아쉬웠어요. 비가 살짝 왔는데 안전하게 잘 다녀왔어요. 탐사물은 원하시는 분들께 몇 개씩 나눠 드렸답니다. T.님의 브런치 글이 있어서 가능했던 탐석이었습니다. 감사드려요!

한국 광물계의 대부, 석보 코리아
엄현수 사장님

T. 안녕하세요? 석보 코리아는 국내에서 가장 유서 깊은 광물 수입 업체인 것으로 알고 있습니다. 한국 광물계의 역사를 이끌어 오셨다고 해도 과언이 아닐 텐데요, 업체의 역사에 대해서 이야기를 조금 들

고 싶습니다.

　A. 안녕하세요, 석보코리아 엄현수입니다.

　저희 사업은 저희 아버지(고 엄경용) 때부터 2대째 이어 가고 있는 가업입니다.

　석보코리아가 처음 사업을 시작한 지는 40년 정도 되었으며, 한양쇼핑센터(현 압구정 갤러리아 백화점)에서 매장을 열었습니다. 그다음 삼풍백화점에 매장을 열었고, 삼풍백화점 사고가 있은 후부터는 엘지홈쇼핑(현 GS홈쇼핑)에 광물, 화석의 표본을 제품으로 만들어 판매하는 회사였습니다.

　지금은 고인이 되셨지만 저희 아버지 사업에 초점을 맞춰서 말씀드리도록 하겠습니다.

　저희 사업은 세계의 원석(광물)과 화석을 취미로 수집하는 문화에서 시작되었습니다. 저희 아버님의 시대에는 수석이나 괴목(나무테이블이나 의자) 등이 인기가 많았습니다. 전자 회사에 다니시던 아버님은 취미로 수석과 괴목 같은 것을 취미로 하셨고, 우연히 외국에 출장을 다니시면서 원석과 화석을 접하게 되었습니다. 그때 이후로

취미가 수석에서 원석으로 바뀌게 되었고, 본인께서 수집하던 원석들을 다른 사람들이 구입하게 된 것이 이 일을 하게 된 시초가 되었습니다. 취미가 사업으로 바뀌게 된 것입니다.

저희 아버지는 한국에서는 이런 수집 문화의 1세대이시고, 미국이나 유럽의 외국인 친구분들도 1세대 분들이십니다. 그들이 세계적으로 큰 gem show나 mineral show, fossil show 등의 문화를 만들고 정착시킨 분들입니다. 오래전부터 유럽에는 진귀한 물건을 모으고 과시하는 문화가 있긴 했지만 일부 귀족이나 부자들의 전유물에 불과했습니다. 일반 대중에게 전시회 문화를 퍼뜨린 것은 바로 이 1세대 수집가들이라고 할 수 있습니다.

그때는 박람회 개념이 없었기 때문에 아버님께서는 원석이 나오는 광산을 직접 찾아 다니시게 됩니다. 거의 모든 광산이 오지에 있기 때문에 생사가 오가는 일이 많았으며, 그때 만난 외국인 친구들이 앞에 말씀드린 1세대 외국인 친구분들이십니다.

저희 아버님은 한국에도 이러한 문화를 뿌리내리게 하고 싶었습니다. 수집 문화 이전에 교육적으로도 매우 훌륭한 문화이기 때문입

니다. 외국의 젬 쇼에는 항상 체험학습 프로그램이 운영되며, 아이들이 정말 많이 참가합니다. 저희는 이런 문화를 한국의 아이들에게도 경험하게 해 주고 싶었고, 2011년에 삼성동 코엑스에서 제1회 서울 미네랄 쇼를 개최하였습니다. 지금은 전시회 주최는 하고 있지 않고, 일본과 중국에 매장을 열어서 운영하고 있습니다.

한국에는 25년 전만 해도 자연사박물관이 없었습니다. 엘지 홈쇼핑에서 회사 규모가 커지면서 현재 국내에 있는 거의 모든 자연사박물관에 표본을 납품하였고, 지금은 외국 자연사박물관에도 납품을 하고 있습니다.

T. 석보코리아의 역사와 한국 광물계의 역사가 궤를 같이 하고 있는 것 같습니다. 사업이 단순히 이익을 창출하는 수준을 넘어, 민간 주도로 국가 문화의 한 분야를 키워 내신 것 같아요. 정말 대단한 과정입니다.

A. 한국은 이제 이런 문화가 조금씩 커져 가기 시작하는 단계입니다. 불과 10년 전만 해도 일부 여유가 있는 사람들의 수집 문화였지만

지금은 보다 많은 사람들이 다양한 이유로 수집을 하고 있습니다.

석보코리아는 경기도 광주시에 매장을 운영 중에 있으며, 매장에는 아주 많은 원석과 화석 등이 전시 진열되어 있습니다. 원석의 천연색상과 결정은 영상이나 사진으로 구현하는 데 한계가 있습니다. 원석은 꼭 실물을 보셔야 색상과 결정을 제대로 보실 수 있습니다.**

취미에서 사업으로, Chemi
박성근 사장님

A. 안녕하세요, 케미미네랄의 박성근입니다. 카페나 트위터에서 활동하시는 모습만 뵈었는데 이렇게 도움을 드릴 수 있게 되어 영광입니다. 여러 부분에서 도와드릴 부분이 있으면 성심껏 답변드리겠습니다.

T. 흔쾌히 협조해 주셔서 감사합니다. 이런 자리를 통해 판매자와 구매자의 관계를 넘어 같은 취미를 가진 사람의 입장이 되어 보니 새롭습니다. 케미미네랄의 스마트스토어에 올라오는 사진들을 보면, 광물에 대한 애정이 느껴집니다. 특별히 광물에 매력을 느낀 계기가 있다면 어떤 것인지요?

A. 특별한 계기라기보다 어릴 때부터 반짝이는 것들을 워낙 좋아했습니다. 부모님의 반지나 귀걸이에 있는 보석들을 전부 빼서 모으곤 했습니다. 산이든 바다든 여행을 가면 항상 돌을 주우려고 강바닥

을 찾고 땅을 파 보면서 자연스레 좋아하게 되었습니다. 아무래도 이런 방식으로 광물을 찾기는 어려워서 암석류나 석영, 장석류가 서랍에 굉장히 많았고 성인이 되면서 돈을 주고 구매했었습니다. 아이들은 기본적으로 반짝이는 돌(광물)을 좋아하는 것 같습니다.

T. 네, 저도 어릴 적에 반짝이는 조약돌이나 조가비 같은 걸 모으던 기억이 납니다. 상당히 대중적인 공감대가 아닌가 싶습니다. 그런 추억이 없는 사람은 정말 드물지 않을까요? 어쩌면 그런 추억을 가진 모두가 이 분야의 잠재적인 수요라고 생각할 수도 있을 것 같은데요. 아직 한국 내에서는 흔치 않은 취미 분야인 것도 같습니다. 이러한 사업을 시작하시게 된 계기가 있나요? 어떠한 포부를 가지고 사업을 진행하고 계신지도 궁금합니다.

A. 많은 사람이 광물 분야에 대해서 관심을 가져 주길 바라고 있습니다. 합리적인 가격으로 광물을 즐기는 것을 추구합니다. 메이저한 상점들이 일부 표본에 원가의 100배수에 파는 경우도 보았는데 아주 잘 팔려서 충격을 받은 것을 계기로 온라인 샵을 오픈하였습니다. 일을 하면서 느낀 것은 고객은 왜 이 원석이 저렴한지 비싼지 설명을 하여도 잘 이해하지 않는다는 것이었습니다. 정보의 비대칭성이 강하고 국내 시장 규모가 작다 보니 일어날 수 있는 일이라 생각하며 광물에 대한 대중의 관심을 높이고 싶습니다.

T. 정보의 비대칭성, 저 역시 취미인으로 국내시장을 경험했을 때

에 무척 공감되는 이야기입니다. 다행인 것은 인터넷이 발달한 시대를 누리면서, 관심을 갖고 조금 찾아본다면 쉽게 정보를 알 수 있다는 점인 것 같습니다. 국내도 마찬가지지만 해외의 경우에도 판매자를 통해서 광물에 대한 정보를 얻게 되는 경우가 많은 것 같더군요. 실제로 광물학자인 분들이 판매를 본업으로 하고 있기도 하고요. 그런 의미에서 사장님은 정확한 정보를 알려 줄 수 있는 신뢰할 수 있는 판매자 중 한 분이신 것 같습니다. 사업을 하고 계시기도 하지만 취미인이시기도 한데요, 재미있는 에피소드가 있으면 한 가지 들려주실 수 있는지요?

A. 아프리카 대륙을 종단할 때 그 지역의 돌을 하나씩 모았습니다. 잠비아에서 한국으로 출국할 때 가방 검사를 하는데 이상한 게 몇 개 있으니 열어 보라고 하더군요. 돌이 많지는 않았는데 검색대에 돌 굴러가는 소리가 나니까 공항 사람들이 몰려와서 구경하고 웃고 떠들었던 기억이 있습니다. 공항이 매우 한산하다 보니까 공항 직원들이랑 젤리도 사 먹고 맥주도 마시면서 비행기를 기다렸던 게 기억에

모로코에서 돌을 주우며.

남습니다. 거긴 공항이 축구 경기장처럼 외부와 연결되어 있어서 건물에 새들이 날아다니더라고요.

T. 말씀 들어 보니, 수집 취미는 언제 어디서나 이어 갈 수 있는 것 같습니다. 넓은 세상의 다양한 사람들과 만난 즐거운 경험이었겠어요. 향후 전망은 어떻게 생각하십니까?

A. 시장 규모도 적고 당장 성장성이 좋은 비즈니스가 아니다 보니 다른 사업에도 투자하고 있고 스토어는 내년 이맘때까지 천천히 정리하려고 했습니다. 인터뷰지를 작성하다 보니 옛 생각도 나고 취미로 유지해 볼까 하는 생각도 듭니다. 감사합니다.

T. 진솔하게 말씀 나눠 주셔서 고맙습니다. SNS와 스토어에서 계속 뵙겠습니다.

전 세계를 누비는 Rupeus
모르모트 선생님

T. 안녕하세요? 인터뷰에 앞서서 요즘 국내의 젊은 수집가들 사이에서 인기 있는 광물 스토어인 '루페우스'를 운영하고 계신 사장님의 사업이 번창하기를 기원합니다. 근래 전 세계의 미네랄 쇼를 순회하며 열정적으로 활동하고 계신데요. 수집가이자 판매자이면서 동시에 본인의 경험을 공유하는 인플루언서이시기도 한데, 멋지게 활약하시

는 모습을 동경하는 어린이들에게 조언 한 말씀 부탁드립니다.

A. 미네랄 셀러라면 일단 해외로 나가서 직접 산지를 방문하고 광부들과 만나야 한다고 생각합니다. 오늘날 인터넷과 매체의 발달로 인해 직접 가지 않아도 생생하게 경험할 수 있다고는 하지만, 직접 보고 얘기하고 겪어 봐야 정확하게 판단할 수 있는 것이 이 직업의 특징이라고 생각합니다. 그런 과정에서 시장가격보다 훨씬 더 저렴한 가격에 멋진 표본들을 구매하게 되거나, 기존에 알려진 것과 완전히 다른 사실들을 현장에서 듣는 것은 큰 선물이자 보람을 느끼게 해 줍니다.

T. 최근에 보셨을 때 해외 광물업계의 상황은 어떤지 한 말씀 부탁드립니다.

A. 최근에는 아프리카 수단에서 온 셀러를 만나서 한참 얘기를 나눠 보았습니다. 아프리카에서 대량 수입한 광물들을 드럼통에 잘 포장하여 수입하는 업자로 미국에서 큰 돈을 벌어 성공을 거둔 젊은 사업가였는데요, 현지 상황에 해박한 그분께 일전에 짐바브웨의 판매자가 토로하던 문제에 대해 질문을 드려 봤습니다. 중국의 일대일로 사업으로 자수정 가격이 폭락하였고, 이에 채산성이 하락하여 공급과 판매가 큰 차질을 빚고 있다는 데 대해서 물어보자 그는 그보다도 더 큰 문제가 있다고 얘기했습니다. 최근 전 세계적으로 전기차 등의 수요가 높아짐과 동시에 필수적으로 들어가는 배터리의 핵심 소재인 리튬 가격이 코인급으로 폭등함에 따라 기존에 보석광물을 채굴하던

회사들이 광산을 정리하고 리튬 시장에 새로이 들어가고 있다는 것입니다. 루비와 에메랄드 등의 보석광물에 대한 수요는 앞으로도 꾸준하겠지만, 더 많은 업체들이 리튬 광산 사업에 뛰어들수록 물량은 줄어들어 결국엔 전반적으로 가격이 오르게 된다는 설명이었습니다. 우리가 일상생활에서 사용하는 스마트폰과 전기차의 수요가 많아질수록 아프리카의 보석광물 산출량이 줄어들게 된다니 참 알다가도 모를 일입니다.

T. 사업을 진행하시면서, 이 분야의 전망에 대해 어떻게 생각하시나요?

A. 미네랄 수집은 국내에서는 아직까지 생소한 분야에 속해 있습니다. 특히 광물의 본질과 아름다움에 대해 학문적으로 이해하려는 문화는 아직 태동하고 있다고 봐도 무방할 정도입니다. 저는 이러한 부분이 그 나라의 수준과 국민의 인문학적 소양의 정도를 보여 준다고 생각합니다. 즉 우리나라는 경제력과 국방력으로는 세계에서 열 손가락 안에 들어가는 국가일지는 몰라도 기초과학과 인문학에 대해서는 그 깊이가 너무나도 얕다고 생각합니다. 그런 부분은 그 나라에서 '미네랄 쇼'를 개최하냐는 부분에서 정의될 수 있다고 봅니다. 미국과 일본, 독일, 프랑스, 이탈리아, 영국이 짧게는 30년부터 길게는 80년 이상 미네랄 쇼를 열고 있는 것은 그 정도의 기초과학적 지식을 대다수의 국민들이 갖추고 있기 때문입니다. 기초과학 분야가 튼튼할수록 미래 국가의 성장 가능성이 있을 것입니다. 그런 점에 있어서 아

직까지 대한민국은 갈 길이 멀지 않았나 싶습니다. 물론 고도성장기에 눈부신 발전을 이룬 것은 사실입니다. 그러나 앞으로의 백년대계를 생각한다면 지금도 늦은 감이 없지 않다고 생각합니다.

한 가지 덧붙이자면 중국이 그렇습니다. 국내에는 중국에 대해 부정적인 편견을 가지는 분들이 많지만, 현실적으로 무시할 수 없는 강대국이 중국입니다. 중국의 과학 분야는 정부 지원하에 엄청난 진보를 이루어 왔습니다. 자체적으로 유인우주선을 개발하고, 나아가 우주정거장과 달 기지 건설도 진행 중에 있죠. 이러한 수십 년간의 과학 분야에 대한 투자가 14년도 '창샤 미네랄쇼'를 시작으로 이후 중국 전역에 생겨나는 미네랄 쇼를 통해서 드러나고 있다고 저는 생각합니다. 물론 여기에는 옥이나 주얼리 분야도 큰 부분을 차지하겠지만, 미네랄쇼의 본질 중 하나인 학문적인 접근과 국제 교류에 중점을 두고 있다는 점에서 앞으로 중국이 더욱 성장할 수밖에 없는 단서 중 하나이지 않을까 생각해 봅니다.

T. '미네랄 시장'이라는 관점에서 접근하면, 굉장히 광범위한 영역일 수도 있는 것 같습니다. 표본 수집 취미를 넘어서 원자재와 미래산업 분야, 기초과학과 세계경제, 국가의 미래까지 망라하게 되니까요.

A. 물론 이렇게 거창한 의미를 두고 미네랄 수집을 할 필요는 전혀 없습니다. 결국에는 본인이 선호하는 형태와 색상의 광물을 단순히 좋아하는 마음에서 시작하여, 더욱 깊이 있게 알아 가는 과정에서의 즐거움이 취미 영역에서 가장 중요한 것이니까요. 아직까지는 수

석이나 차크라, 힐링 등에 중점이 맞춰져 있는 국내 미네랄 시장이 앞으로 더욱 깊이 있는 기초학문의 분야로 그 영역을 확장해 가기를 희망해 봅니다.

T. 말씀 나눠 주신 덕분에 시야가 넓어지는 것 같습니다. 번창하시고, 뜻한 대로 이루어 가시기를 소망합니다. 인터뷰 협조해 주셔서 감사합니다.

A. 최근 국내에서 출판된 도서 가운데 유일하게 미네랄 표본 수집을 주제로 다루는 이 책이, 앞으로 건강하고 깊이 있는 수집 문화의 초석이 되기를 기원드립니다.

베라크루즈 자수정. 스마트스토어 '루페우스' 제공.

3부

탐석 초보자를 위한 가이드

흙에서 갓 태어난 수정.

수정과 석영

영어로는 Quartz라는 한 단어로 표현되지만, 우리 말로는 2가지의 표현이 있습니다. 결정의 형태가 형성된 것을 수정이라고 하고, 결정각이 형성되지 않은 암석형태의 덩어리는 석영이라고 합니다. 단어는 다르지만 성분과 결정구조는 동일합니다.

넘어지면서 흙에서 나와 줍게 된 통통한 수정

1. 탐석 초보자를 위한 가이드

광물 탐험을 떠나 볼까요?

이번 장에서는 2020년도부터 현재까지 불국사 화강암대의 페그마타이트 광산 지역으로 탐석을 다니면서 개인적으로 고민했던 내용을 여러분과 공유하고자 합니다. 저는 가까운 한 지역을 선정해 반복적으로 방문해서 탐색 영역을 넓혀 가며 나름대로의 경험을 쌓았습니다. 다양한 장소에 일회성으로 방문하고 탐험하여 매번 소소한 행운을 만난다면 좋겠지만, 초심자가 지질을 관찰하고 탐험하기 위해서는 시간과 경험이 조금 필요합니다. 따라서 일회성으로 방문하는 것은 큰 의미가 없을 가능성이 많습니다. 꾸준하게 몰입할 수 있다면 반드시 보물을 발견할 수 있을 것입니다.

탐석에도 여러 유형이 있습니다. 운석, 사금, 바닷가의 몽돌이나 마모된 유리, 계곡이나 강에서 기암괴석을 찾아 탐험을 할 수도 있고, 퇴적암 층에서 화석을 탐색하거나, 다양한 암석의 샘플을 모아 볼 수도 있습니다. 그리고 이 책에서 다루게 될 주제와 같이, 페그마타이트 pegmatite 광상에서 광물을 찾아볼 수도 있습니다. 탐석의 목적으로 삼을 대상의 유형에 따라 준비물과 장소 및 탐험의 과정은 완전히 달라집니다. 보물을 찾기 위해서는 보물이 묻혀 있는 곳에 가서 올바른 방법으로 찾아야 합니다. 없는 곳에서 찾아서는 아무리 시간을 많이 들여도 결과를 얻지 못합니다. 그리고 그것을 찾아내는 효율적인 방법에 대해서도 미리 습득하고 있다면 시행착오를 줄일 수 있을 거예요. 인터넷을 통해 많은 정보들이 공유되어 있고, 틈틈이 상식의 폭을 넓혀 둔다면, 언제 어디에 가서든 본인이 현재 위치한 지점에서 발견할 수 있는 것이 무엇인지를 예측하고 탐색해 볼 수도 있을 것입니다. 이것은 언제 어디서나 누릴 수 있는 우리의 놀이이고 즐거움이며, 취미 생활입니다.

이 책에서는 광물 중에서도 비교적 발견하기 쉬운 수정을 채집하는 과정에 대해서만 설명하고자 합니다. 수정을 발견하기 쉬운 이유는 조암광물이므로 지각에 흔하고, 반짝여서 눈에 띄기 때문입니다.

우리의 탐험은 우리의 놀이입니다.

호모 루덴스(homo ludens), 유희하는 인간이라고 합니다. 인간은 정신적인 상상력을 발휘하는 창조적인 활동인 '놀이'를 통해서 인생의 실존을 찾으려고 하는 존재입니다. 놀이는 인간의 본성입니다.

우리가 이러한 탐험을 하는 목적 역시, 이것이 그 자체로 우리의 본성, 놀이이기 때문입니다. 물론 그 과정에서 관광이나 등산을 겸할 수도 있습니다. 또는 생각지도 못한 횡재가 부수적으로 따라올 수도 있습니다. 북미에서 산책 삼아 거닐던 공유지의 광산에서 거대한 다이아몬드를 발견하거나, 유럽의 바닷가에서 주워 온 특이한 색깔의 돌덩이가 사실은 거대한 보석이라는 것을 알게 된 이야기, 또는 인도의 어느 집 지붕으로 날아들어 건물을 파괴한 운석을 팔아 건물가격을 상회하는 거금을 벌게 된 사연을 해외 토픽으로 접하면, 혹시 내게도 그런 행운이 찾아오지 않을까 하는 행복한 공상을 하게 됩니다. 어쩌면 아주 불가능한 일은 아닐 것입니다. 그러나, 그런 큰 횡재가 보상으로 주어지지 않더라도, 우리는 단지 탐험을 하는 순간의 소소한 행복을 만끽할 수가 있습니다. 세월을 낚는 강태공처럼.

어린 시절의 놀이를 생각해 보면, 낯선 장소를 탐험하는 것보다는 익숙한 장소에서의 익숙한 친구들과 반복된 행동을 기반으로 이루어지는 경우가 많았습니다. 그런데 놀이라는 것은 같은 곳에서 같은 행동을 하는데도 매일매일 새롭고 즐거울 수가 있습니다. 왜냐하면 즐거움은 내면에 있는 것이기 때문입니다. 아이

노면의 돌을 그냥 암석인가 해서 한번 뒤집어 보았는데, 이런 수정이 묻혀 있었습니다.

의 놀이에 있어서 외부에서 주어지는 변화와 새로운 자극은 단발적인 흥미를 유발할 수는 있겠지만, 그것이 지속되기 위해서는 놀이를 하고자 하는 스스로의 의지와, 안정된 내면의 몰입이 더 중요합니다. 개미를 가지고 놀기를 좋아하는 아이는 어디에 데려다 놓아도 개미를 발견하고 그렇게 놉니다. 자기만의 확고한 놀이 세계를 구축한 아이는 새로운 장소에 데려다 주어 환경이 변하는 것에 아랑곳하지 않습니다. 결국은 늘 하던 그 행동을 하며, 기어이 자기가 하고 싶은 걸 하면서 놉니다.

어른이 되어서도 놀이에 있어서 가장 중요한 것은 내적인 동기입니다. 외부에서 주어지는 보상이 없어도, 누가 인정해 주지 않아도, 내가 좋으면 그만입니다. 남에게 피해를 주지 않는 한, 이것은 우리가 행복을 추구할 권리입니다.

낯선 장소에 방문했을 때, 우리는 전체의 경관과 눈에 띄는 구경거리를 먼저 살피게 됩니다. 빠르게 스쳐 지나가며 관광하는 것은 즐겁지만, 미세한 관찰을 하려면 한 장소에 오래 머물러 있어야 합니다. 우리가 하려는 것은, 걸음을 멈추고 자세히 들여다보면 그제야 발견하게 되는 보물을 찾는 과정입니다. 그런데 우리가 발견한 것이 보물인지 아닌지 판단하는 것은 보편적인 인식에 근거가 있을 수도 있지만, 나 자신이 부여하는 가치가 더 비중이 큽니다.

햇살이 좋은 날 사랑하는 사람이 예쁘다고 주워 와 건넨 동그랗고 따뜻한 몽돌에서 온기가 사라진 뒤에도 여전히 따사로움을 느끼는 것은 내 마음 속에 추억이 있기 때문입니다. 이런 사연을 설명하지 않으면, 남들은 그 돌멩이가 왜 소중한지 당연히 모릅니다. 하지만 아련한 추억이 깃든 물건이라는 걸 알게 된 이후에는 한낱 돌멩이는 가장 특별한 물건이 됩니다. 이와 같이 내가 부여한 가치에 의미를 부여하는 것은 스스로의 몫이며, 소통하여 타인의 공감을 이끌어 낼 수 있다면 그 가치는 더 커질 것입니다.

사전 지식을 가지고 있으면 시행착오를 줄일 수 있습니다.

인터넷과 스마트 디바이스가 고도로 발달된 시대에 살고 있다는 것은 축복입니다. 간단하게 온라인 백과사전을 검색해 보는 것만으로도 상당한 학습을 할 수가 있습니다. 암석과 광물이 생성되는 과정에 대해서 이해하면 어떤 지질을 찾아가야 하는지 목표를 정하는 데에 도움이 됩니다.

유튜브에 있는 영상을 참조하는 것도 좋습니다. #Geology #Selfdug #Selfcollected #rockhound 등의 키워드로 검색하시면 국내외의 다양한 탐험 자료가 공유되어 있고, 국내에서도 탐험을 하고 다녀오신 여러 분들이 영상과 자료를 공유하고 계십니다. 페그마타이

생김새도 빛깔도 저마다 다양하지만 모두 수정 친구들입니다.

트 광상의 형태는 지역이 크게 달라도 어느 정도의 유사성이 있기 때문에 영상을 통해 간접적으로 경험해 두어도 실전에 충분히 참고가 됩니다.

그러나, 간접 경험이 있다고 해도 도시인에게 있어 야산에 직접 나가서 스스로 탐험을 하는 것은 상당히 생소한 경험일 수 있습니다. 우선은 가까운 야산에 반복적으로 방문하여 한 장소에 오래 머물면서 암석과 광맥을 깊이 있게 관찰하는 과정이 필요합니다. 기본적으로 수정을 비롯한 대부분의 광물은 페그마타이트pegmatite에서 나오므로, 해당 암석을 찾는 것부터 시작하면 됩니다. 이것은 화성암대의 암석 내부에 존재하므로 절벽이나 산사태로 무너진 곳 또는 공사 현장의 절개지 등에서 관찰하기가 용이하고, 계곡이나 강가의 충적 퇴적물이나, 광산에서 나온 폐석의 형태로 발견될 수도 있습니다.

현장에서 어느 정도 암석과 광맥을 보는 안목이 생겼다면 빠르게 휙휙 지나가면서 해당 지역의 지형과 지질을 파악하며, 동시에 지질적으로 의미 있는 지점을 식별할 수 있게 됩니다. 그리고 자신의 포인트를 늘리며 탐사 반경을 확장해 갈 수 있습니다. 이런 식으로 탐석 실력을 키워 가는 것도 재미입니다.

자신의 포인트는 스스로 개척해야 합니다.

가끔, 대략적인 위치 정보를 알려드리는 것으로 만족하지 못하고 정확하게 특정한 지점을 알려 달라고 하는 분이 있는데요, 솔직하게 말씀드리겠습니다. 그런 것은 의미가 없습니다. 왜냐하면 남이 이미 다녀간 자리에 보물이 남아 있을 리 없습니다. 그리고 그 지점을 알려 드려도 그곳에서 찾을 수 있는지는 별개의 문제입니다. 실력은 하루 아침에 생기는 게 아니더군요.

사실 장소에 대해 언급하기를 꺼리는 분도 많습니다. 자신이 발견한 포인트에 대한 애착일 수도 있고, 독점하려는 이기심처럼 보일 수도 있습니다. 그런데 한편으로 생각해 보면, 내가 좋아하는 장소를 호의로 공개했다가 그곳에 방문한 다른 사람이 그 장소를 엉망으로 해놓고 떠난 경험이 있다면, 다시는 정보를 공유하고 싶지 않은 마음이 들 수도 있을 것입니다. 각자 여러 사정이 있을 수 있는 점을 이해하셔야 합니다. 결국 포인트는 스스로 개척하셔야 합니다.

동호 활동을 통해 경험이 있는 사람과 친해지고, 그분들과 함께 여행을 떠날 수 있다면 그것도 좋은 방법입니다. 가끔 특정 지역 인근에 계시면서 초심자들에게 폐석 탐사 안내를 해 주시는 분이 계신 경우도 있습니다. 상시 준비되어 있는 유료 서비스 같은 것이 아니라 온전히 동호인의 교류로써 인간적인 호의로

돌 틈에 삐죽 얼굴을 내민 보라색 돌 꽃부리.

이루어지는 일입니다. 관련 정보는 광물 관련 주제로 운영되고 있는 온라인 동호회(카페, 트위터 등)에 가입해서 수시로 알아보시면 되겠습니다.

설익은 망개 열매의 풋풋함

Pegmatite?

페그마타이트란 석영, 장석, 운모 등의 거친 입자의 결정으로 이루어진 거정질 화강암을 말합니다. 이 중 보석광물, 광석광물, 방사능광물 등의 유용광물을 포함한 것을 '페그마타이트 광상'이라고 합니다.

마그마가 지각에 관입하여 화강암으로 엉겨 굳는 과정의 말기에 주로 형성되며, 변성작용으로 형성되는 경우도 있습니다. 암맥이나 불규칙한 포켓의 형태로 암반 속에 존재합니다. 휘발성 가스가 풍부하며 이는 암석 내부에 빈 공간을 형성합니다. 이 공동에 열수용액이 스며들면 광물 결정이 형성되기 좋은 조건이 만들어집니다. 화강암보다 낮은 온도에서 오랜 세월에 걸쳐 서서히 엉겨 굳어서 이루어지므로 결정의 크기가 수십 센티미터 이상으로 크게 자라기도 합니다.

한반도에는 쥐라기와 백악기에 형성된 화강암이 다수 분포하고 있으며, 이에 수반되는 페그마타이트가 다수 분포합니다. 강원도 김화의 함우라늄석 페그마타이트, 강원도 영월군의 함주석 페그마타이트가 잘 알려져 있습니다.

국내의 페그마타이트 광상에서 초보자가 비교적 쉽게 발견할 수 있는 광물으로는 수정, 장석, 운모를 비롯하여 방해석, 황철석, 전기석, 형석 등이 있습니다. 발견하신 광물이 무엇인지 궁금하다면 네이버 카페나 트위터 #원석질문 #원석마켓으로 사진을 올려 공유해 보세요. 많은 분들이 의견을 나누어 주실 거에요.

알알이 반짝이는 보랏빛 수정 결정들. 경주.

2. 사전 준비

모험을 떠나기에 앞서 모두의 발걸음에 행운이 함께하기를 빕니다.

보물을 발견하는 것은 신나는 일입니다. 그저 하나의 돌에는 아무런 마음도 담겨 있지 않지만, 그것을 발견하는 과정에는 준비와 노력이 필요합니다. 사고가 일어날 수도 있기 때문에 그에 대한 대비도 있어야 하겠습니다.

저의 준비물을 공개합니다!

1. 곡괭이. 철물점에서 8천 원에 구입.

2. 튼튼한 장바구니. 전통시장에서 무료로 받음.

3. 반코팅 장갑. 다이소에서 2천 원에 구입.

4. 장화. 중고로 3만 원에 구입.

5. 그 밖에, 작은 호미와 돌과 신발에서 흙을 털어 낼 조그만 솔도 있으면 좋습니다. 암석을 깨실 거라면 망치와 정이 있어도 좋겠습니다. 장비에 관심이 있어서 조금 투자를 할 의향이 있다면, 해외 직구로 지실 방치를 구입해 볼 수도 있습니다. 그런데 탐석을 오랫동안 즐기고 게신 선배님들께 여쭤보니 그저 가벼운 복장에, 긴 꼬챙이 같은 것만 하나 가지고 다니시더군요.

6. 마실 물은 필수입니다. 야산에서는 식수를 구할 수 없으므로 미리 충분히 준비해야 합니다. 간단한 간식도 필요합니다. 당이 떨어지면 판단력이 흐려져서 아무 돌이나 무분별하게 집어서 짊어지고 오게 됩니다.

7. 복장은 활동하기 편한 긴팔 상의와 튼튼한 긴 청바지, 또는 등산복 등의 기능성 의류를 입는 것이 좋으며, 비가 올 때는 캡 모자를 쓰고 일회용 우비를 덮어 입으니 좋았습니다. 비가 오지 않아도 햇볕을 가리기 위해 캡 모자 정도는 쓰는 게 좋을 것 같아요.

8. 어린이들과 동행한다면 넘어져 다칠 때를 대비한 간단한 응급약을 챙기는 것도 좋겠지요.

탐사에 앞서 유사한 지형을 간접적으로 체험해 봅니다.

유튜브 the crystal collector 채널에서 수정 광산 관련 영상을 여러 개 찾아본 것이 상당히 참고가 되었습니다.[*]

수정이 생기는 원리를 이해하는 것도 수정이 어디에 있을지를 유추하는 데 도움이 되었습니다.[**]

참고로 할 만한 책을 도서관에서 찾아봅니다. 키워드는 '광물', '암석', '우리 땅', '돌' 등으로 하면 되겠습니다. 책의 말미에 초보자에게 추천할 만한 자료를 정리해 두었으니 참고가 되기를 바랍니다.

국내에는 전공 서적 이외에 일반인을 대상으로 한 자료가 드물지만, 해외로 눈을 돌리면 보다 다양한 자료를 찾을 수 있습니다. 일본의 경우 광물 수집 취미가 에도 시대부터 이어져 오는 전통이었다고 하는 만큼, 신간 서적도 종종 나오는 편입니다. 정기적으로 전국을 순회하는 판매전이 개최되며, 미네랄에 대해서만 전문적으로 다루는 잡지가 있을 정도로 마니아층도 풍부하다고 합니다.

사전에 유의할 점을 정리해 봅니다.

1. 수정은 진흙 속에서 발견됩니다. 진흙에 대한 대비를 하는 게

** 네이버 지식백과 참조.

좋습니다. 달라붙지 않는 편한 청바지/장화/목장갑/타월과 여벌 옷, 여벌 신발 등과 흙 묻은 돌과 도구를 담을 튼튼한 장바구니 여러 개를 준비합니다.

2. 해충과 질병에 대한 대비. 숲에는 뱀, 모기, 지네, 진드기 등이 있을 수 있습니다. 지네의 경우 약재상 등을 통해 마리당 3천 원 선에 거래가 된다고 합니다(?!) 뱀을 잡거나 약초를 채집해서 과외 수입을 올릴 수도 있으려나요? 지식과 경험이 많다면 많은 것을 볼 수 있겠지요. 그러나 무엇보다도 안전이 가장 우선이 되어야 할 것 같습니다.

산에는 야생동물이 서식하므로 동물을 매개로 하는 전염병이 있을 수 있고 특히 풀밭에서 옮을 수 있는 수인성 전염병을 주의해야 하겠습니다. 가급적이면 풀숲에 바로 눕지 않도록 하며, 피부가 노출되지 않게 옷으로 감싸는 것만으로도 보호하는 효과가 있다고 합니다. 해충 기피제 스프레이 등을 뿌리는 방법도 있습니다.

3. 직사광선이 강한 한낮을 피하는 게 좋습니다. 그늘이 없는 절개지는 복사열이 강하므로 일사병/열사병에 유의해야 합니다. (모자, 마실 물 필수)

4. 낙석, 실족 등으로 인한 사고가 일어날 수

갯벌의 진흙에는 진주가 있고 산의 흙 속에는 수정이 있습니다.

도 있기 때문에 되도록이면 동행과 함께하는 것이 좋습니다. 상황이 여의치 못해 꼭 단독으로 움직여야만 한다면 사전에 가족에게 행선지와 귀가 시간을 일러 두는 것을 잊지 맙시다.

5. 마음의 준비. 멋진 결정을 발견하지 못할 수도 있어요. 여러 번 다녀 본 경험이 있어 능숙한 사람도 허탕 치는 날이 많다고 합니다. 욕심을 내거나 무리하지 말고, 동행하는 벗들과 자연 속의 순간을 즐긴다는 마음으로 떠나면 좋을 것 같습니다. 인근 계곡에 들러 잠시 발을 담그거나, 맛집을 찾아가 즐기는 일정을 끼워 넣어서 좋은 추억을 만듭시다.

행운을 빕니다!

3. 무엇을 해야 하나요?
- 5W1H

사람이 좋은 돌을 얻는 방법은 여러 가지가 있겠습니다.

1. 잘못된 방법. 훔치거나 빼앗는다.

2. 괜찮은 방법. 선물 받거나 구입한다.

3. 우리가 지금 이야기할 방법. 줍거나 캔다.

여기서는, 앞의 두 가지에 대해서는 이야기하지 않습니다.

사실 줍거나 캐는 이 방법은 특히 초보자에게 가성비가 좋지 못할 가능성이 많습니다. 마트에서 생선을 한 마리 사는 것과, 직접 낚시해서 비슷한 생선 한 마리를 얻는 것을 비교해서 생각해 보면 알 수 있습니다. 직접 야산에서 돌을 채집하는 데는 시간과 비용이 반드시 발생하지만 어떤 결과를 얻을지 알 수 없는 데다 부상과 감염의 위험도 있습니다. 결과물만 놓고 생각하면 인터넷으로 하나 구입하는 게 훨

썬 편리하고 비용도 적게 들어 효율적입니다. 그럼에도 불구하고 굳이 이 모험을 떠나는 이유는요? 재미있으니까요. 놀이를 하는 데 다른 이유는 사실 의미가 없습니다. 단지 땅강아지처럼 흙을 파고 다니며, 금전적인 가치가 있을지 없을지 모르는 보물을 발견하는 과정이 "좋으니까", 가는 겁니다.

가성비를 생각한다면 광물 화석 체험 키트를 구입해 보세요! 어린이가 있는 가정에 권해 드립니다.

왜 탐석을 떠나게 되었나요?

저는 종교를 믿지는 않습니다만, 삶 속에서 좋은 인연과 이끌림을 많이 경험했습니다. 우리의 심장이 뛰고 가슴이 뜨거워질 때, 이유란 것은 먼저 있는 것이 아니라 뒤따라오는 것이라고 생각합니다. 그래서 우리가 만들어 가는 것 아닐까요?

탐석도 그런 것 같습니다. 우연히 이런 세상이 있는 것을 알게 되었고, 사랑에 빠지듯이 이끌려 몰두하게 되었습니다. 앞으로 어찌 될지는 모릅니다. 탐석을 일생

어린이가 찾아낸 보물들

의 취미로 안고 갈 수도 있겠고, 우리에게 시간이 충분하다면 마음껏 느낀 뒤 어느 날 불현듯 가벼이 손을 털고 더 이상 미련을 두지 않으며 스쳐 지나가는 날이 올지도 모릅니다.

언제 떠나야 하나요?

이런 날이 좋아요

지역에 따른 차이가 있겠지만, 태풍이나 큰 비가 내려서 토사가 쓸려 간 다음 땅이 마르기 전에 가는 것이 좋습니다. 젖어 있을 때 지표면의 수정 결정이 반짝여서 눈에 잘 띕니다. 우리는 이런 것들을 아주 쉽게 주울 수 있습니다.

지형에 따라 땅이 젖어 있을 경우가 말랐을 때보다 오히려 걷기 편한 경우가 있습니다. 수정이 묻힌 정동의 진흙은 젖어 있을 때는 진흙이지만 마르면 암석처럼 단단해지기 때문에, 돌을 캐내기 위해 곡괭이질을 하기에도 젖은 상태가 수월했어요.

마음을 내어 잠시 걸으면, 산이 선물을 보여 줍니다.

이런 날은 안 돼요

너무 덥고 햇볕이 강한 여름철 한낮은 온열

질환이 올 수 있으므로 피하는 게 좋습니다. 그리고 일몰 시간 이후는 점점 시야가 어두워지므로 탐석이 어렵습니다. 너무 뜨거운 날씨가 아니라면 한낮도 괜찮고, 비가 약간 흩뿌리고 있어도 너무 춥지 않다면 비옷을 입고 다닐 만합니다.

한겨울은 땅이 얼어 있어서 권하지 않습니다. 그러나 벌레나 뱀을 피하기에는 겨울이 나을 수도 있습니다.

저의 경험으로는 풀이 무성해지기 전 따사로운 봄철의 이른 아침에 여유 있게 떠나는 것이 가장 쾌적했습니다.

어디로 떠나야 하나요?

한국에서는 백두 대간 전역에서 수정의 결정이 발견되며, 특히 경주, 울산, 울주, 속리산, 고흥, 화순 등지에서는 자수정이 발견된다고 합니다. 하지만 좋은 결정이 흔히 발견되지는 않는 것 같습니다. 쉽게 말해서 광산이 개발되어 있다면 그 인근 지역에 페그마타이트 광상

5~6월경, 잘 익은 산딸기를 맛볼 수도 있습니다.

이 있습니다. 가까운 광산 인근 절개지부터 탐색해 보시면 수정을 발견할 확률이 높습니다.

한반도는 다양한 시기에 형성된 지층이 복합적으로 존재하며 다양한 광물종이 발견됩니다. 그러나 한국에서 지질탐사가 널리 취미로 보급되지 못하는 이유는 여러 가지입니다. 우선 국토 면적에 비해 인구가 많으므로 이미 도시개발이 되어 자유롭게 탐사할 수 없는 면적이 넓습니다. 그리고 산지는 대부분 국립공원으로 지정되어 있어 함부로 자연물을 채취하는 것이 금지되어 있습니다. 그리고 법률상의 공유지가 없다는 점 또한 자유로운 탐험을 어렵게 하는 이유입니다.

해외의 경우, 소유권자가 없는 공유지에서 주로 지질탐사가 이루어집니다. 그런데 한국의 경우 역사적으로 일본의 제국주의 식민지 치하에서 동양척식주식회사에 의해 전 영토에 대한 토지조사사업이 완료되고, 광복 이후 이것이 등기상 근거로 인정되어 사유지가 아닌 곳은 모두 국유지로 정해져 버렸기 때문에 공유지가 없습니다. 그리고, 법적으로 매장되어 있는 모든 광물과 유물 화석 등은 국가에서 관리하도록 되어 있습니다. 심지어 관련 전공의 학생들이 실습이나 논문을 위해 탐사하는 것조차, 공유지에서 탐사가 이루어지는 해외에 비해 자유를 충분히 보장받지 못하고 있는 안타까운 실정입니다. 대학원생들이 산에서 지질학 조사를 하고 있으면 간첩인가 해서 신고가 들어가는 일도 있었다고 해요.

그러므로 법적인 문제를 회피하기 위해 사유지, 국립공원, 광산 등에서의 탐석은 주의하셔야 합니다. 가시는 곳에 대해서 사전에 확인해 보시기를 권합니다. 광업권에 관해서는 '광업권 온라인 민원발급 서비스' 사이트에서 조회하실 수 있습니다.*

이 주제에 대해서는 뒤에서 별도의 장을 마련해 조금 더 상세히 설명해 드리겠습니다.

탐사하는 분들은 정보를 공유하기 위해 네이버 카페를 많이 이용하는데, 카페에서는 충주, 경주 남산(국립공원), 울산 언양 자수정 동굴 인근, 춘천, 이렇게 네 지역이 광산 인근의 폐석이나 계곡 등에서 광물을 비교적 쉽게 발견할 수 있는 곳으로 눈에 띄게 언급되고 있습니다. 서울 근교에서는 용인, 양평, 김포 등지의 야산에서 수정이 발견됩니다. SNS 등에 공유되어 있는 탐험을 다녀오신 분들의 기록이나 영상물을 검색해 보면 탐사 가시기 전에 사전 정보를 얻을 수 있을 것입니다.

반드시 수정이나 광물을 목표로 탐사하는 게 아니라면, 가까운 계곡이나 해변으로 가서 물놀이를 겸해 조약돌을 주워 보는 것부터 시작하는 것도 좋을 것 같습니다. 마모된 암석이나 광물은 그 나름의 매력이 있고, 수석 소품으로 가치가 있다고 볼 수도 있습니다. 가치는 사람이 부여하기 나름이니까요.

무엇을 찾아야 하나요?

막상 가서 무엇을 해야 할지 모른다면 막막할 것입니다. 앞서 언

* 국가 광물자원 지리정보망 사이트

급한 해당 지역은 광범위하게 석영과 장석 등의 광물이 발견되기는 하지만, 아무 곳이나 흙을 파는 건 의미가 없을 가능성이 많습니다. 빠르게 돌아보고 지표면에 드러난 것을 줍거나, 암석에서 수정 맥이 발견된 곳 주변의 진흙을 약간 뒤집어 파 보는 것은 좋습니다.

선행학습은 우리가 방향을 잡는 데에 상당히 도움이 됩니다. 수정이 나오는 암석과 토질을 알아볼 수 있어야 합니다. 눈썰미가 좋으면 유리해요. 자연과 교감하는 재능이 있다면, 그냥 보면 압니다.

유명한 언양자수정의 경우 중생대 백악기 시대에 형성된 불국사 화강암대의 페그마타이트 지질에서 형성, 발견됩니다. 경주, 울진, 화순 등지도 마찬가지로 약 1억여 년 전, 비슷한 시기에 형성된 화강암대에서 자수정이 발견되고 있다고 합니다. 대부분의 광물이 페그마타이트를 모암으로 하여 형성되므로, 이러한 지질을 검색해서 찾아가시면 보물을 찾으실 수 있을 것입니다.

국토지질정보 사이트를 활용해 보세요.*

우리에게 행운과 평화가 함께하기를 소망합니다.

* 국토지질정보 사이트

4. 에티켓과 법적인 문제들

　　이번에는 탐사 시의 예의에 대해 이야기하고자 합니다. 사실 이런 이야기는 지극히 상식이겠습니다만, 글로써 한번 풀어서 적어 본다 하는 것에 의의를 두고 기술해 보겠습니다. 훑어보시면 누구나 공감하실 수 있을 거라 생각합니다.

계절을 견디고 피어난 향기로운 매화

어떻게 행동해야 하나요?

　우리는 자연과 사회의 일부이고 사람의 모든 사적인 행동은 자연과 사회와의 관계성으로부터 벗어날 수 없습니다. 한 번만 생각해 보면 알 수 있는데 무심결에 실수할 수 있는 문제들에 대해서 이야기해 봅시다.

1. 동행하는 사람에 대한 예의

　서로에 대한 기본적인 매너를 지키고, 각자 자연에 집중할 수 있도록 배려합시다.

2. 자연에 대한 예의

　지나치게 자연경관을 훼손하거나, 동식물을 다치게 해서는 안 되겠습니다. 가지고 온 쓰레기는 모두 되가져갑시다. 또 지형이 바뀔 정도의 훼손, 특히 다른 방문자가 위험할 수도 있는 상황을 만들어서는 안 되겠습니다. 벽을 무너지기 쉬운 상태로 만들었거나, 길을 파서 뒤집었다면 적어도 다시 다독여 두거나 미리 알아보고 피할 수 있게 표시를 하고 떠납시다.

3. 산 주인 및 현지 주민에 대한 예의

　지금부터는 조금 머리가 아픈 이야기입니다만, 트위터에서 질문이 들어왔기에 같이 머리를 맞대고 이야기를 나누어 보기 좋은 계기라고 생각되어 이야기를 정리해 보았습니다.

저절로 생겨나 인간보다 먼저 존재한 자연입니다만, 법적인 주인이 있다는 것을 생각해 볼 필요가 있습니다.

사례 1.

저희 집안 선산 같은 경우는 대부분의 사유지인 야산과 마찬가지로 일반인의 출입을 전면 통제하지는 않으며 — 사실상 통제할 수가 없기 때문에 — 임산물이나 암석 같은 것을 조금 채취해 가져가는 것은 신경 쓰지 않고 그냥 내버려 둡니다. 고라니나 청설모가 돌아다니는 것과 마찬가지로 아무것도 아니니까요.

저희 선산에도 임산물 채취하는 분이나 탐석꾼이 오갈 때가 있는데, 조성해 놓은 분묘를 훼손하는 일이 가끔 있었습니다. 처음에는 도굴인가 해서 굉장히 놀랐다고 합니다.

사유지인 산은 대부분 선산으로 분묘가 있는 경우가 많습니다. 상식적으로 남의 집 조상이 묻힌 무덤 위에 올라서거나 그 밑을 파면 안 됩니다. 묘비나 봉분 등으로 식별 가능한 분묘로부터 주변 5미터 이내는 주거지에 준하여, 그 영역을 침범했을 시 가택침입에 준하여 처벌받게 되며 훼손했을 경우 손해배상의 책임이 발생할 수 있습니다. 정말 생각 없이 또는 모르고 그러시는 경우도 있을 것 같아서…. 이 자리를 빌려 당부를 드립니다.

사례 2.

동호회에서 가장 유명한 탐석지로 알려진 충주 보련산의 경우, 탐사 목적으로 온 방문객들이 산사태 방지를 위해 쌓은 축대 등과 택지 주변을 지속적으로 훼손하는 바람에 현지 주민과 마찰이 있었다고 합니다. 상식적인 이야기이지만, 남의 집 밑을 파면 안 됩니다. 경솔한 행동이 산사태의 원인이 될 수도 있고 가옥과 인명에 피해를 초래할 수도 있으며, 이에 따른 법적 책임이 발생할 수 있습니다. 민가에서 멀리 떨어져 주택이 보이지 않는 곳이라면 문제가 없을 것 같습니다.

충주 보련산은 폐광이었으나 2021년부터 광산을 재개했다고 합니다. 폐광의 경우 대부분 국유지로 귀속되므로 큰 문제가 없지만, 운영되고 있는 광산에 진입하는 것은 법적으로 큰 문제가 됩니다. 근처에서 폐석을 살펴보는 정도는 큰 문제가 없습니다. 어디로 가시든지 사전에 충분히 알아보고 가기를 권합니다.

4. 권리침해에 관한 문제

여기부터는 모두가 문제가 생기기를 원하지 않는 분야에 대한 이야기입니다. 법적인 문제에 대해서 짚어 보겠습니다.

한국에는 공유지가 없습니다. 모든 임야는 법적으로 국유지 또는 사유지입니다. 국립공원이 아닌 산은 대부분 사유지에 해당합니다. 국립공원에서 자연물을 훼손하는 것은 불법입니다. 또, 사유지인 임야에 무단 침입하거나 토석 골재 임산물 등을 채취하는 것은 불법행위를 구성하는 요건이 될 수 있고 민형사상의 책임이 발생한다고 할 수 있습니다.

다만 사전에 협의를 했거나, 오랜 기간 동안 암묵적, 관행적으로 묵인하여 땅 주인에게 고소 고발할 의사가 없는 경우는 법적 분쟁의 소지가 애초에 없다고 보면 됩니다. 탐석은 이 경우에 해당된다고 할 수 있습니다.

탐사를 하면서 가장 주의해야 할 것은, 사유지로 식별 가능한 농지, 건물, 시설, 벽이나 울타리, 축대, 출입금지 등의 표시가 있는 지역에는 진입하면 안 됩니다. 아무것도 하지 않고 진입하는 것만으로 무단 침입죄에 해당될 수 있습니다. 모든 탐사는 그러한 표시가 없는 지역에서만 행해져야 합니다.

또 한 가지, 법적으로 분류 광종에 해당되는 모든 매장 광물은 국가 재산으로서, 개인이나 회사가 채굴하기 위해서는 광업권의 설정이 필요합니다. 광업권이 있는 광구에서 등록된 특정 광물 및 같은 광상에 묻힌 다른 광물에 대한 개인의 탐사나 채굴은 절도에 해당될 수 있습니다.

광구 내에서는 토지 주인이라고 해도 조광권이 없다면 채굴 행위를 할 수 없습니다. 단 채굴할 목적이 아닌 경작, 건축 등의 목적으로 땅을 파서 우연히 광물이 나왔다면 그것은 토지 주인의 소유가 됩니다. 그러나 영리 목적으로 판매는 할 수 없습니다.

단, 광구 밖에서 토지로부터 분리된 광물은 그 취득자의 소유가 됩니다. 보통 광구는 광산 표지나 진입금지 표지 등으로 식별할 수 있으니, 이런 지역은 진입하지 않는 것이 좋습니다.

폐광은 일반적으로 국유지로 귀속되며, 조광권 침해와 관련된 문제는 없다고 보면 되겠습니다. 그러나 폐광의 갱도 내부는 불안정하여 낙석이나 낭떠러지 등의 위험이 있고 유독가스가 차 있을 가능성도 있습니다. 함부로 진입하는 것은 위험합니다.

이와 같이 다양한 경우가 있을 수 있으니 사전에 탐사할 장소에 대해 잘 알아보는 것이 중요합니다. 국가 광물자원 지리정보망 사이트를 참고할 수도 있고, 현지 주민분들을 만나 탐문하여 정보를 알아볼 수도 있습니다.

그리고 지나치게 기계 장비나 차량을 동원해서 남의 땅을 훼손하는 것도 해서는 안 될 행동일 것입니다. 노면의 돌을 줍거나, 표면에 보이는 것을 약간 파서 뒤집어 보는 정도는 괜찮을 것 같습니다.

혹시 불의의 문제가 생겼을 때의 가장 좋은 자세는 선의를 주장하며 최대한 협조하여 지주 및 광산권자, 조광권자 등의 유권리자가 고소 고발을 하지 않고 구두의 사과와 합의로써 원만하게 그냥 넘어가는 것입니다. 이때, 설령 어떠한 '관행'이 있어 왔더라도 이를 직접적으로 주장하는 것은 바람직한 태도가 아니며, 권리자의 기분을

젖은 흙에서 갓 태어나 냇물에 흔들어 씻어 온 수정. 못생겼지만 예쁩니다.

거스를 뿐으로 결과적으로 결코 유리하지 않습니다. 되도록이면 좋게 좋게 넘어가도록 합시다.

선의가 아닌 예: 금전적 이득을 취할 목적 등으로 상습적으로 다량을 남획하며 토지 주인 및 권리자의 이익에 반하는 경우. 또는 단체로 와서 임야를 훼손하는 경우 등.

선의의 예: 학습적인 목적 또는 호기심을 동기로 한 개인의 소풍으로써, 문제가 생겼을 시 토지 주인에게 적극적으로 협조할 의사가 있는 경우.

탐석을 떠나는 것이 우리 모두가 즐겁고 평화로운 추억으로 간직할 수 있는 시간이 되기를 바랍니다.

5. 수정은 어떻게 발견되나요?

여러 동호인들께서 개인적으로 조언을 요청하셨고 부족하나마 대답을 해 드렸는데, 그 대답한 내용을 기록해 두었다가 공유하고자 합니다. 이번 장은 초보가 왕초보에게 해 줄 수 있는 수준의 이야기입니다. 방문한 지역의 지질의 성분에 따라 발견되는 광물은 다양하고, 저의 미욱한 경험을 바탕으로 한정된 이야기만을 들려드릴 수 있는 점을 염두에 두시고, 모쪼록 참고로만 생각하시기를 권해 드립니다.

Q. 언양에서 수정을 찾으려면 돌무더기를 살펴야 되나요? 아니면 이암을 부숴 봐야 되나요?

제비꽃 꽃잎처럼 투명한 보랏빛

A. 무작정 찾아다니면 허탕을 치기 쉽습니다. 어떤 식으로 수정이 발견되는지에 대한 사전학습이 도움이 됩니다. 퇴적암인

이암 속에도 광물질이 함유되어 있지만, 온전한 형태의 광물을 찾기 위해서는 퇴적암보다는 거정질 화성암인 페그마타이트를 살펴보시는 것이 좋습니다.

수정은 다음과 같은 형태로 발견됩니다.

1. 암석 표면에 붙어서 노출된 유형

아주 운이 좋다면 노상에서 모암에 붙은 채 대기 중에 노출된 결정을 발견할 수도 있습니다. 하지만 이런 경우는 지극히 드물고, 채집하기가 까다롭습니다. 적절한 장비가 없이 암석을 깨려고 근처에 충격을 주면 수정의 약한 부분이 깨지면서 결정이 파손되어 망가져 버립니다. 이런 경우는 적절한 장비가 없다면 그대로 두는 것이 최선인 것 같습니다.

2. 큰 비가 내린 후 산사태 등으로 인해
절개지나 폐석더미로부터 자연적으로 굴러 떨어져
하천이나 해안가의 바닥이나 노면에 박혀 있는 경우

결정이 눕거나 선 경우는 발견하기 쉬우나, 거꾸로 처박힌 경우는

바위틈의 진흙 속에 숨어 있는 보랏빛 수정을 찾아보세요.

전혀 결정같이 보이지 않을 수도 있는데 이건 파서 뒤집어 보아야만 알 수 있습니다. 충주에서는 파쇄된 폐석더미에서 흘러나온 수정 결정이 이러한 유형으로 발견된다고 합니다. 언양에서는 이렇게 발견되는 것은 다소 드문 것 같습니다.

3. 정동에 묻혀 있는 경우

정동을 찾는 것의 장점은 결정을 손상이 가장 적은 상태로 발견할 수 있다는 것입니다. 물론 정동 안에서 이미 지각변동의 에너지에 의한 손상이 있을 수도 있고 꺼내는 과정에서 손상이 생길 수도 있습니다. 굉장히 작은 것부터 아슬아슬하게 결정과 그냥 돌의 경계에 걸쳐 있는 것과 보석급의 결정까지 다양한 퀄리티의 결정을 만날 수 있는데, 언양의 경우 보석으로써 상업적 가치가 있는 것은 정동에서 발견된 자수정 중에서도 단 10% 정도라고 합니다.

연수정 기둥 위에 연한 자수정 결정이 맺혀 있고, 그 내부에는 딸기 씨앗 같은 붉은 침상내포물이 가득합니다. 결정의 형태는 결정이 형성되는 과정에서의 성분의 변화나 지각변동에 영향을 받으므로, 이 형태를 보면 결정이 형성되는 과정에서 어떠한 변화가 일어났는지를 유추할 수 있습니다

Tip 하나. 정동이 쉽게 발견되는 환경적인 조건의 예시입니다.

1. 절개지

2. 기반암(주로 화성암인 페그마타이트pegmatite)에 석영맥이 흐르는 곳

3. 기반암의 틈에 진흙이

이 세 가지 조건을 모두 만족한 장소의 근처에 수정 결정이 있을 가능성이 많았어요.

Tip 둘. 정동에서 수정이 형성되는 원리와 발견되는 과정은 일반적으로 다음과 같다고 합니다.

1. 지하에 형성된 화성암의 기포 또는 지각변동으로 생긴 균열 등의 빈 공간에

2. 열수용액이 공급되어 충분한 시간 동안 온도와 압력이 유지된 상태로 결정이 성장.

3. 이후 융기나 침식으로 정동이 지표면으로 올라오면서 기반 암석에 균열이 생기거나 암석이 풍화됨으로 인해 정동에 진흙이 유입됨.

4. 발견된 모습이 현재의 모습.

단, 정동마다 형성된 과정이 조금씩 다를 수 있고, 현재의 주변 조건과 결정의 형태, 색상 등을 보고 그 역사를 유추해 볼 수가 있습니다.

탐석에서 볼 수 있는 정동도 유형이 여러 가지입니다.

첫 번째, 모암이 되는 단단한 페그마타이트 암석 속에 들어 있는 경우. 광산에서 인공 동굴을 조성해 찾는 것이 바로 이런 경우입니다. 법적으로 지정된 광구인 경우에, 이러한 지역은 개인이 임의로 들어

가면 안 됩니다. 진입하는 것만으로 침입죄이며 탐사권, 조광권 등의 권리침해, 절도 등의 문제가 발생하게 됩니다. 보통 이런 지역은 진입 금지 표지로 식별할 수 있습니다. 쉽게 말해, 일부러 막아 둔 곳은 안 들어가면 됩니다. 또, 문제가 생겼다면 최대한 협조하여 법적인 절차로 넘어가지 않고 원만하게 합의로 넘어가도록 합니다.

두 번째, 풍화된 큰 바위틈의 진흙과 함께 발견되는 경우가 있고, 저는 이런 곳을 주로 찾아다닙니다.

세 번째, 진흙이 없는 바위 속 공동의 깨끗한 지오드인 경우도 가끔 있는데 이건 아주 미세한 크기인 것만 보았고 언양 지역에서 탐석으로 발견하기는 매우 드문 것 같습니다. 언양 자수정 광산에서는 주로 다이너마이트로 암석을 폭파하여 그 속의 정동 형태로 자수정이 채굴되었다고 합니다.

네 번째, 황토에 묻혀 있는 경우.

황토 속에 불투명한 석영 러프가 많이 박혀 있으면 근처에 정동이 있을 가능성이 많습니다. 경주 화강암대의 경우 탐사 중 석영맥에 인접한 곳에 철광석이 있으면 자수정 정동이 있을 가능성이 많았고, 같은 조건인데 철광석이 없으면 대개 연수정이 나왔습니다. (그런데 연수정과 자수정은 단지 성분만 다른 것이 아니라 형성 과정에서의 압력과 온도 등의 조건도 차이가 난다고 합니다. 제가 관찰한 것은 단편적인 경험일 뿐일 수 있습니다.) 다른 지역은 어떤지 모르겠습니다.

황토 같은 토질에서는 윈도 쿼츠나 투명한 러프, 용비늘 같은 형태가 나오고, 풍화된 바위틈에 철광석으로 인해 오색 빛깔 황토와 석영이 있다면 자수정이, 풍화된 바위틈의 입자가 고운 진흙에서는 칼륨장석(K-feldspar)과 방해석의 결정과 흑운모, 연수정을 발견할 수 있었습니다. 마찬가지로 해당 지역에서 관찰한 결과이며 다른 지역의 경우는 이와 다를 수 있습니다.

설명마다 사진 자료를 충분히 첨부할 수 있으면 좋았을 텐데, 탐석을 가장 열심히 다녔던 초반에는 책을 낼 것이라는 걸 전혀 염두에 두고 있지 않았기 때문에 현재를 즐기느라 사진을 충분히 촬영하지 못해 아쉽습니다. 게다가 탐석을 간 날의 대부분이 우중이라, 작업하면서는 물과 진흙 때문에 스마트폰이 오작동을 하여 도저히 촬영을 할 수가 없었습니다.

집에 돌아와서 촬영한 탐사물 사진들을 보면, 불과 3미터 이내로 인접한 정동이었는데도 각각의 정동의 환경에 따라 수정의 느낌이 상이한 것을 관찰할 수 있습니다.

다섯 번째, 누군가 캐서 가다가 흘린 경우 또는 어린이와 초보 탐석꾼들을 위해 눈높이에 올려 두고 간 경우. 이건 딱 눈이 마주치는

집에 돌아와서 촬영한 탐사물1. 검고 맑은 연수정의 덩어리

집에 돌아와서 촬영한 탐사물2. 불투명하고 옅은 연수정과 장석 결정의 복합 군집

순간 알 수 있습니다. 큰 행운이고, 탐석을 하러 온 사람들이 서로의 존재를 확인하는 방법이라고 생각합니다. 저 역시 어릴 적 이런 방식으로 생면부지의 좋은 분께 선물을 받은 기억이 여러 차례 있습니다. 나누고 베풀고자 하는 의지를 본받고자, 저 역시 탐석을 다니다가 좋은 것을 많이 찾은 날은 어린이의 눈이 닿기 쉬울 것 같은 바위 위에 올려 두고 오기도 합니다.

나와 같은 길을 가는 어린 벗들과 그 보호자들이 나보다 조금 덜 헤매고 안전하며, 더 많은 기쁨을 누리고, 평화롭기를 소망합니다. 경험과 지식은 나누면 커지고 강해집니다. 우리에게 앎이 곧 힘이 될 것이라 믿습니다.

광물자원의 매장량은 한계가 있습니다만, 개인적인 탐석에서 보물을 찾을 가능성은 무한하다고 생각합니다. 순수한 탐구심으로 바라보면, 모든 반짝이는 것은 아름다우니까요.

본 내용에 앞서 밝히자면, 저는 불국사 화강암대 이외의 장소에서 탐석한 적이 많지 않고, 탐석한 기간 또한 2020년 6월경부터 현재까지로 경험이 많지는 않습니다. 그렇기 때문에 미처 알지 못한 부분이 있을 수 있는 점을 양해 바랍니다. 짧은 기간이지만 취미인으로서 고민했던 부분, 특히 비전문가들을 위한 안전에 대한 정보를 나누기 위해 글을 쓰고 있습니다.

또한 지형과 지질학적 조건은 지역에 따라 상이할 수 있으니, 더욱 상세한 이야기는 관련 논문이나 전문적인 자료 등을 참고하시기를 바랍니다.

저는 탐석을 갈 때 주로 큰 비가 내린 직후에 가시기를 권하는 편입니다. 큰 비가 내린 직후에 가는 장점은 다음과 같습니다.

비에 의해 표토층이 쓸려 나가고,
흙에 묻혀 있던 암석이 드러납니다.

큰 비가 온 직후에는 반짝이는 결정의 표면이 지표에 드러나 발견하기가 쉬워집니다. 이 점은 폐석 더미에서 특히 그렇겠습니다만, 절개지도 마찬가지입니다. 벼랑이 무너지고 지층이 드러나면, 숨겨져 있던 정동을 발견하기에 좋습니다. 단 낙석과 산사태로 인한 위험을 유의해야 하겠습니다. 모쪼록 위험한 곳은 무리해서 진입하지 마시기를 바랍니다. 안전이 제일입니다.

땅이 젖어 있는 상태에서는
지면이 햇볕을 덜 반사하게 됩니다.

여름철에는 땅 자체가 달구어져서 뜨겁습니다. 한낮의 돌산을 걷는 것은 돌로 만든 불판 위를 걷는 것이나 다름이 없습니다. 모자를 써도 지표면에서 반사된 빛과 열기가 올라옵니다. 또, 비가 온 뒤 화창하게 갠 여름날 역시 지표 가까이에 고온의 습기가 차게 되므로 열사병의 위험이 있습니다. 하지만 구름이 좀 낀 날은 견딜 만합니다. 한여름이라면 부슬부슬 내리는 비를 맞으며 다니는 것도 시원해서 좋았습니다.

흙 속을 헤엄치다가 햇볕으로 빼꼼 나온 수정 조각

저는 여름철 무더위를 피해 새벽 시간에 주로 탐석을 다녔습니다. 여름 이외의 온난한 계절에도 새벽이 좋은 것 같습니다. 비가 온 직후가 아닌 수일 이내여도 땅에 이슬이 내려서 촉촉한 편이고, 탐사 조건이 상당히 편안합니다.

지면이 젖어 있으면 눈이 덜 부십니다. 개인차가 있을 수 있는데, 저는 시력이 약한 편이라, 마른 지면은 눈이 부셔서 오래 있기가 힘들었습니다. 젖은 지면에서 탐색을 하는 편이 지표면을 관찰하기가 편안해서 좋았습니다.

정동을 탐사하기 위해서는
큰 비가 내려 암석이 푹 젖어 있을 때가 유리합니다.

비 온 뒤에는 땅이 젖어서 먼지가 덜 나고, 부드러워져서 파기 쉬워집니다. 이 부분은 토질에 따라 차이가 있을 수 있습니다.

정동은 단단한 암석 속에 들어있기도 하지만, 그런 것은 개인이 발견하기가 상당히 힘이 듭니다. 개인이 찾기 쉬운 것은 풍화된 암석의 틈에 있는 정동입니다. 풍화된 페그마타이트는 마르면 돌이지만 젖으면 황토 흙이라, 큰

반짝이는 것이라면 무엇이든 다 주워 왔습니다.

비가 온 뒤에는 돌을 발견하기만 하면 됩니다. 세상 빛을 볼 때가 되었다는 듯이, 힘을 들이지 않아도 꺼내면 그냥 꺼내집니다. 제가 예전에 카페에 올린 정동의 동영상을 보시면 정동이 발견되는 곳의 지층 단면의 예시를 보실 수가 있고, 더 좋기로는 유튜브에 전문가가 올리는 영상을 참조하실 수도 있습니다.

　행운을 빕니다!

7. 내 돌을 내가 줍습니다

탐석의 시작

제가 2020년부터 한 해간 탐석을 좀 열심히 다녔는데요, 사실 어디로 놀러 가야 할지 잘 몰라서 그렇습니다. 근사한 장소나 장비에 비용을 많이 들일 형편은 안 되고, 아이들 몰고 다니고는 싶고, 이왕이면 목적의식이 있는 과정이었으면 하는데 탐석을 해 보니 그만한 재미가 또 없더군요.

현대인의 삶은 너무 빠르고 고단합니다. 농경시대에는 주당 30시간 정도의 노동으로 평균적인 생활을 하는 게 가능했다고 하는데, 오늘날의 노동은 어떻게

물놀이를 갔던 날, 계곡 바닥에서 주워 온 반짝이는 깨진 조각들.

되어 가고 있습니까? '워라밸'은 가능한 것일까요?

또, 오늘날 하루 동안 습득하게 되는 정보는 100년 전의 사람이 한 해 동안 습득하게 되는 정보보다도 많다는 이야기를 들은 적이 있어요. 너무 많은 것을 알게 된다는 것은 때로 고통입니다. SNS를 통해 셀러브리티의 사치스런 생활에 대해 몰랐다면 박탈감과 우울을 느낄 필요도 없었겠지요. 또, 사실 우리는 그렇게 꼭 많은 사람들을 향해 표현해야만 하는 강렬한 감정을 가지고 있지 않은데도, SNS를 통해서 뭔가 외쳐야만 할 것 같은 기분과 습관을 갖게 됩니다. 조금 언짢은 것과 불편한 것은 '극혐'으로, 하고 싶고 아쉬운 모든 감정들은 싸잡아서 '마렵다'라는 식으로, 단순하고 극단적인 단어로 치환됩니다. 인터넷과 초고속 통신망은 세계를 하나로 이어 주었지만, 사람의 마음이 하나로 이어지기는 무척 어려운 것 같습니다. 인터넷은 정보의 바다이자, 쏟아지는 혐오의 바다이기도 합니다. 이 바다를 우리는 매일 스마트기기를 통해 빛의 속도로 부유합니다. 실로 광속의 번뇌입니다. 이런 번뇌의 속도에서 잠시 벗어나 자연을 찾아 가족과 함께하는 시간을 보내고, 나만의 고요한 시간을 갖고, 잠시 스스로를 돌아보는 것은 중요합니다. 이 과정은 현실도피가 전혀 아니며, 오히려 나 자신으로 살아 있는 것에 더욱 가까워지는 방법입니다. 사는 것처럼 살아 있기 위해 필사적으로 확보해야만 하는 나의 영역인 것입니다.

저의 아이들이 조금 어릴 적에는 인근 동네 습지와 산으로 새와 버섯, 식물을 보러 다녔습니다. 철새가 둥지를 트는 장소, 오리 가족이 물고기를 잡고 노니는 곳, 도롱뇽이 알을 슬어 놓는 개울.... 찔레

순을 꺾어 씹거나, 봄나물과 아카시아꽃을 따다 튀김을 해 먹기도 하고, 산딸기가 여는 구릉지로 다니기도 하고요. 주제가 바뀌었어도 도시락을 싸서 좋은 자리를 찾아가 밥을 먹고 집에 돌아오는, 일상적인 패턴만큼은 늘 똑같습니다.

제가 어릴 적에는, 별을 보러 다니는 것이 꿈이었습니다. 제 아이가 우주에 관심이 많아서, 요즘은 월 1회 정도는 인근 천문대에 방문하고 있어요. 제가 농담 삼아 가끔 이런 이야기를 합니다. 가장 빛나고 아름답지만 하늘 저 멀리 있기에 만질 수도 없고 가질 수도 없는 돌이 바로 달과 행성일 것이라고요. 달과 지구는 구성 성분이 일치한다고 하니, 어쩌면 달이 나의 잃어버린 조각인지도 모르겠습니다. 아니면 내가 달의 잃어버린 조각일 수도요. 분명한 것은 아득한 우주 저 멀리에서 보면 지구도 달도 나도 단지 푸른 한 점의 허공일 거예요.

광물 카페에서 알게 된 어떤 분이 저에게 묻더군요. '어떻게 탐석을 시작하게 되었느냐?'고. 저도 그 시작이 정확히 기억이 안 납니다. 단지 아이들을 몰고 언양 작천정 계곡에 물놀이를 나왔다가 근처에서 운 좋게 수정을 줍게 되었고, 아마 그것이 최초의 탐석이었던 걸로 기억합니다. 그것도 제가 미끄러져 넘어지면서 흙 속에 있던 수

정이 제 발 앞에 떨어져서 주운 거였어요.

저는 유일한 신을 믿지는 않지만 무엇인가 우리를 인도하고 있다는 느낌을 받는 순간은 많이 있습니다. 탐석도 그렇습니다. 저는 어설프고 뭘 잘 모르는데 그냥 눈앞에 돌이 있고, 그 돌을 주울 수 있으면 줍습니다. 그 순간 저는 세계 전체의 일부이고, 제 손은 단지 저의 신체의 일부를 넘어 장면 속의 손입니다.

언양서 만나 뵌 한 귀인께서는 '돌 줍는 건 도 닦는 것과 같다'고 비유를 해 주셨어요. 그 말씀을 듣고 크게 공감했습니다. 어떤 분이 저에게 돌 줍는 방법을 물으신다면 저도 참 도와드리고 싶은 마음이 굴뚝같고, 그래서 '초보자를 위한 탐석 가이드' 시리즈도 작성해서 공유해 드렸습니다만... 제가 할 수 있는 이야기는 거기까지입니다. 자기 돌은 자기가 줍는 거라, 어떻게 더 설명을 하기가 어렵습니다.

그 자리에서 막 주운 조그맣고 반짝이는 우주의 조각을 내밀어 보여 드릴 수 있을 뿐입니다.

무너진 흙 속에서 흘러나온 진한 보라색

추천 목록은 개인적인 선호순 및 임의로 정렬되어 있습니다. 목록에 없는 다른 좋은 자료와 공간도 많이 있다는 사실을 알려 드립니다. 독자님의 편의를 위하여 QR코드를 덧붙였으나, 시간이 흐름에 따라 도메인의 변경 등으로 인해 작동하지 않을 수 있습니다. 참고로 하시기를 바랍니다.

같이 보면 좋은 자료

· 『대한민국 지질여행』(E-book) 국가지질공원 사무국 펴냄*

가족 여행을 떠날 때 참고하면 좋은 자료입니다.

· 『돌의 사전』야하기 치하루 외, 지금이책

아름다운 세밀화 그림과 간략한 광물 상식이 알차게 담겨 있습니

* 대한민국 지질여행

다. 남녀노소 비교적 편안하게 접근할 수 있는 책.

· 『광물, 그 호기심의 문을 열다』 이지섭, 동명사

민 자연사 연구소 소장님의 저서. 어린이에게는 다소 어렵습니다. 성인 취미인이 일독한다면 레벨 업 할 수 있는 책.

· 『암석학개론』 안건상, 북스힐

중등교사 임용시험 대비용으로 많이들 보는 전공 서적이라고 합니다. 좀 더 깊이 공부하고 싶다면 추천.

· 『한국의 광물종』 김수진, 민음사

논문에서 많이 인용되는 책입니다. 80년대에 발간되었고 현재는 도서관에서 찾아볼 수 있습니다.

· 『보석, 보석광물의 세계』 문희수, 자유아카데미

다양한 보석광물에 관한 이야기가 소개되어 있습니다. 절판이지만 네이버 지식백과에 전문이 무료로 공개되어 있습니다.

· '한가한 나눔' 네이버 블로그

공부할거리를 많이 공유해 주고 계십니다.

· 『세계를 움직인 돌』 윤성원, 모요사

· 『세계를 매혹한 돌』 윤성원, 모요사

두 책은 시대별로 정리되어 있는 연작입니다. 주얼리 스페셜리스트인 저자가 보석과 주얼리의 세계사, 예술사, 기술발전사 등 다각도로 조망하여 전반을 다룬 훌륭한 책.

· 『젬스톤 매혹의 컬러』 윤성원, 모요사

윤성원 저자의 신간으로, 보석에 대해 다루고 있습니다.

· 『세계의 보석 디렉터리』 주디 크로우, SKBOOKS

주얼리 전공 학생들이 보는 책이라고 합니다. 천연석의 가공 처리 방법이나 모조에 대한 설명까지 간략하게 수록되어 있습니다. 보석에 관심이 있다면 한번 읽어 볼 만합니다.

· 『크리스탈 바이블1~2』 쥬디 홀, 크리스탈 환타지

'크리스탈 레이키 힐링'에 관심이 있다면 추천. 시중에서 널리 쓰이고 있는 원석 관련 명칭과 용어에 대해 자세히 알 수 있습니다. 총 2권.

· 『전당포 시노부의 보석상자』 니노미야 토모코, 대원씨아이

'노다메 칸타빌레' 저자의 새로운 이야기. 명불허전 유쾌합니다.

· 『보석의 나라』 이치카와 하루코, YNK미디어

트위터 원석계에 많은 분들을 입문하게 한 매력적인 판타지입니다. 애니메이션도 있습니다.

· 『자연사』 DK자연사 제작위원회, 사이언스북스

자연사박물관이 통째로 들어 있는 도감. 펼쳐 보면 시간 가는 줄 모릅니다. 국립중앙과학관 자연사관의 작은 도서관에 비치된 것을 보고 너무 가지고 싶어서 구입해 보았습니다. 개인적으로 어른이 되어 가장 좋은 것은, 이런 책이 팔리고 있기만 하다면 돈을 주고 구입할 수 있다는 점입니다.

· 『Rocks and Minerals』 Chris Pellant, DKpub

· 『Rock and Gem』 DKpub

DK사에서 편찬한 도감. 이 외에도 도감류는 버전이 다양하므로

가까운 도서관에 구비된 책으로 찾아보시면 될 것 같습니다.

· 『ミネラ, エスプレス·メ』

미네랄 수집가들을 타깃으로 한 격월간 잡지. 온라인 서점에서 구할 수 있습니다. 일본은 화보집을 수집하는 문화도 널리 발달되어 있으므로, 예쁜 광물 사진집이나 도감도 다수 시판 중입니다.

· The quartz page*

이 페이지는 제작자가 학생일 때 처음 만든 것이라고 하며, 꾸준히 업데이트되고 있습니다. 수정에 대한 여러 가지를 알고 싶다면 참고할 만합니다.

가 볼 만한 곳

· 민 자연사 연구소

경기도 성남시 소재의 금강펜테리움IT타워 A동 306호. 개인이 취미로 운영하고 있으며, 인근에 표지판이 없다고 합니다. '한국의 스미소니언 박물관'으로 알려져 있습니다. 사전 예약 필수.

· 서대문자연사박물관

서울특별시 서대문구

· 국립중앙과학관 자연사관

대전광역시 유성구

* The quartz page

· 익산 보석박물관

전북 익산시

그 외 자연사박물관이 지역별로 있습니다. 광물보다는 화석이나 생물 표본 위주로 되어 있는 경우가 있고, 타깃도 성인보다 어린이 위주로 되어 있는 경우가 많으니 방문하시기 전에 알아보기 바랍니다.

· 국가지질공원

울릉도, 독도, 제주도, 부산, 청송, 강원평화지역, 무등산권, 한탄강, 강원 고생대, 경북 동해안, 전북 서해안권, 백령 대청, 진안 무주, 단양.

#지질명소 #주상절리 #퇴적암대 #몽돌해변 등으로 검색하시면 가까운 명소를 찾으실 수 있습니다.

· 동해안 지질대장정

매년 가을에 진행되는 행사로, 동해안 지질 명소를 지질해설사와 함께 탐방할 수 있습니다.

· 원석 플리마켓

트위터나 네이버 카페를 기반으로 활동하는 동호인들이 각 지역에서 비정기적으로 개최하는 소규모 동호 행사입니다. 외부 홍보를 하지 않으므로 동호 활동을 꾸준히 해야 놓치지 않습니다. 원석 및 원석 관련 창작물 판매전 및 개인 소장품 전시 등.

오프라인에 상점이 있는 경우, 온라인보다 오프라인에 상품이 훨씬 많기 때문에, 여건이 된다면 직접 방문해서 구경해 보시는 것을 추천합니다.

· 석보코리아 sukbokorea.com

경기도 광주시. 명실상부 국내 최대의 수입 광물 스토어. 40년, 2대째 가업으로 이어 가고 계신다고 합니다. 초보자의 진입장벽을 낮춰 주는 가벼운 가격부터 박물관급 표본까지 다양하게 취급.

· 루페우스 smartstore.naver.com/fossilmormote

경기도 성남시. 전 세계 미네랄쇼를 누비며 매입해 온 광물 화석 운석 등 부담 없는 중저가 표본부터 박물관급 하이 퀄리티 표본까지 다양하게 취급합니다. 유튜브 채널, 네이버 카페도 운영 중.

· 엔조이비즈 gemmarket.co.kr

동대문 종합 상가. 국내 최대의 원석 비즈 상점. 천연 원석 표본과 가공 원석 및 준보석까지 다양하게 취급합니다.

· 엔젤스톤 smartstore.naver.com/angelstone

홍대 앞. 다양한 가격대의 광물 표본과 가공 원석을 취급합니다. 편안한 분위기에서 구경하기 좋습니다.

· 크리스탈 환타지 crystalfantasy.co.kr

서울시 인사동. 다양한 종류와 가격대의 원석을 취급합니다.

이곳에서 『크리스탈 바이블』을 번역, 출판하셨습니다.

· 화석사랑 blog.naver.com/klk3911

서울시 동대문구. 서울 풍물시장 내. 오랜 수집가 선생님들의 핫 플레이스입니다. 화석이 주력이고 수정도 취급한다고 합니다.

· 수정나라 sujeongnara.com

경기도 광주시. 아프리카 마다가스카르산 수정이 주력. 희귀 인클루전 수정도 취급합니다.

· 보배자수정

울산광역시 울주군. 국내 최고의 언양자수정 상점. 한국 자수정의 아버지라고 해도 될까요? 언양자수정의 품질과 가격에 대한 분류체계를 만드셨습니다. 보석 기술자이자 광산 관계자이셨던 사장님은 네이버 블로그와 카페 '루페우스'에서 활동하고 계십니다.

· 크리스탈 긱스 smartstore.naver.com/crystalgeeks

퀄리티 있는 복합광물 표본이 취향이라면 이곳으로.

· Chemi smartstore.naver.com/chemi_

캐비닛 사이즈 이상의 큰 원석이 취향이라면 이곳으로.

· 신들네돌 smartstore.naver.com/sindlenedol

서울시 인사동. 옥과 비취가 주력이고 다양한 가격대의 원석도 취급합니다.

· YAYA

부산시 범일동. 진시장 내에 있는 원석 상점입니다. 유학파 사장님이 직접 해외에서 셀렉트 해 오신 표본과 비즈 등을 취급.

· 일리단길

부산시 기장군. 원석 테마 카페입니다. 빵과 음료가 메인이며 카페 내에 조그만 원석 진열 코너가 마련되어 있습니다. 소장 원석으로 금은 세팅 문의와 의뢰도 받아 줍니다.

개인 소장품의 판매를 원하실 경우, 공식적으로 감정 평가를 하는 매입처는 없습니다.

고물로 처분하는 게 안타깝다면 중고거래가 가능합니다.

트위터 해시태그 #원석마켓 또는 관련 온라인 동호회 내부의 플리마켓, 당근마켓, 중고나라 등.

추천 직구 사이트

· 이베이 ebay.com

· 엣시 etsy.com

· 알리 익스프레스 aliexpress.com

· 타오바오 taobao.com

· 인스타그램 해시태그 #Mineral #Cristal 또는 특정 광물명으로 검색.

동호회

- · 루페우스 네이버 카페, 유튜브 채널, 온라인 스토어

- · 광물스케치 네이버 카페

- · 트위터 해시태그 #원석정보 #원석마켓 #원석계_트친소

애완돌 키우는 T.의 SNS 계정

- · 트위터와 인스타그램 @petpebble_

- · 브런치 brunch.co.kr/@petpebble

어린이탐사대

감사 인사

모든 과정을 겪어 내고 살아 있는 나 자신, 김지혜

현장에서 손과 발이 되어 준 도반이자, 아이들 아빠 이현구

내 몸이자 내 의지인 내 아이들, 이해준, 이해찬

작업의 지속적인 원동력이 되어 주신 트위터 원석계 수집 동료들과 광물스케치 회원님들

흔쾌히 인터뷰로 도와주신 움산 최인호 선생님, 자하 선생님, 청까치 선생님, 정초롱 선생님

석보코리아 엄현수 사장님, 케미미네랄 박성근 사장님, 루페우스 김한결 사장님

작업 방향과 복잡한 문제들에 대해 조언해 주신 맥스 님

내용에 대해 조언해 주신 보육노조 김명선 선생님

아낌없이 응원해 주신 마음수련 민현희 도움님과 여러 도반님들

책이 나온 소식을 전하고 싶은 부산 금정여중 이창식 생물(상담) 선생님, 이혜원 한문 선생님

부산 남산고등학고 3학년 때 담임이셨던 한기표 선생님, 그리고 제게 좋은 영향을 주셨던 수많은 은사님들께 존경과 감사의 말씀을 전합니다.

무엇보다도 브런치에서 이 내용을 발견해 주신 출판사 담당자님과 출판까지 이끌어 주신 출판사 관계자 여러분께 깊은 감사의 말씀을 드립니다.

돌멩이를 주우러 다닙니다

탐석 초보자들을 위한 입문 가이드북

초판 1쇄 펴낸 날 | 2023년 12월 29일

지은이 | 애완돌 키우는 T.
펴낸이 | 홍정우
펴낸곳 | 브레인스토어

책임편집 | 김다니엘
편집진행 | 홍주미, 박혜림
디자인 | 이예슬
마케팅 | 방경희

주소 | (04035) 서울특별시 마포구 양화로 7안길 31(서교동, 1층)
전화 | (02)3275-2915~7
팩스 | (02)3275-2918
이메일 | brainstore@chol.com
블로그 | https://blog.naver.com/brain_store
페이스북 | http://www.facebook.com/brainstorebooks
인스타그램 | https://instagram.com/brainstore_publishing

등록 | 2007년 11월 30일(제313-2007-000238호)

© 브레인스토어, 애완돌 키우는 T., 2023
ISBN 979-11-6978-022-3 (03810)